# Леди Макбет Мценского уезда и Запечатленный ангел

## Lady MacBeth of Mtsensk and The Sealed Angel

# Николай Семенович Лесков

## Nikolai Semyonovich Leskov

Леди Макбет Мценского уезда и Запечатленный ангел
**Copyright © JiaHu Books 2013**
First Published in Great Britain in 2013 by Jiahu Books – part
of Richardson-Prachai Solutions Ltd, 34 Egerton Gate, Milton
Keynes, MK5 7HH
ISBN: 978-1-909669-66-6
A CIP catalogue record for this book is available from the
British Library
Visit us at: **jiahubooks.co.uk**

# Леди Макбет Мценского уезда

*ОЧЕРК*

«Первую песенку зардевшись спеть».

*Поговорка.*

## ГЛАВА ПЕРВАЯ

Иной раз в наших местах задаются такие характеры, что, как бы много лет ни прошло со встречи с ними, о некоторых из них никогда не вспомнишь без душевного трепета. К числу таких характеров принадлежит купеческая жена Катерина Львовна Измайлова, разыгравшая некогда страшную драму, после которой наши дворяне, с чьего-то легкого слова, стали звать ее *леди Макбет Мценского уезда.*

Катерина Львовна не родилась красавицей, но была по наружности женщина очень приятная. Ей от роду шел всего двадцать четвертый год; росту она была невысокого, но стройная, шея точно из мрамора выточенная, плечи круглые, грудь крепкая, носик прямой, тоненький, глаза черные, живые, белый высокий лоб и черные, аж досиня черные волосы. Выдали ее замуж за нашего купца Измайлова с Тускари из Курской губернии, не по любви или какому влечению, а так, потому что Измайлов к ней присватался, а она была девушка бедная, и перебирать женихами ей не приходилось. Дом Измайловых в нашем городе был не последний: торговали они крупчаткою, держали в уезде большую мельницу в аренде, имели доходный сад под городом и в городе дом хороший. Вообще купцы были зажиточные. Семья у них к тому же была совсем небольшая: свекор Борис Тимофеич Измайлов, человек уж лет под восемьдесят, давно вдовый; сын его Зиновий Борисыч, муж Катерины Львовны, человек тоже лет пятидесяти с лишком, да сама Катерина Львовна, и только всего. Детей у Катерины Львовны, пятый год, как она вышла за Зиновия Борисыча, не было. У Зиновия Борисыча не было детей и от первой жены, с которою он прожил лет двадцать, прежде чем овдовел и женился на Катерине Львовне. Думал он и надеялся, что даст ему Бог хоть от второго брака наследника купеческому имени и капиталу; но опять ему в этом и с Катериной Львовной не посчастливилось.

Бездетность эта очень много огорчала Зиновия Борисыча, и не то что одного Зиновия Борисыча, а и старика Бориса Тимофеича, да даже и самоё Катерину Львовну это очень печалило. Раз, что скука непомерная в запертом купеческом терему с высоким забором и спущенными цепными собаками не раз наводила на молодую купчиху тоску, доходящую до одури, и она рада бы, Бог весть как рада бы она была понянчиться с деточкой; а другое — и попреки ей надоели: «Чего шла да зачем шла замуж; зачем завязала человеку судьбу, неродица», словно и в самом деле она преступление какое сделала и перед мужем, и перед свекром, и перед всем их честным родом купеческим.

При всем довольстве и добре житье Катерины Львовны в свекровом доме было самое скучное. В гости она езжала мало, да и то если и поедет она с мужем по своему купечеству, так тоже не на радость. Народ все строгий: наблюдают, как она сядет, да как пройдет, как встанет; а у Катерины Львовны характер был пылкий, и, живя девушкой в бедности, она привыкла к простоте и свободе: пробежать бы с ведрами на реку да покупаться бы в рубашке под пристанью или обсыпать через калитку прохожего молодца подсолнечною лузгою; а тут все иначе.

Встанут свекор с мужем ранехонько, напьются в шесть часов утра чаю, да и по своим делам, а она одна слоняет слоны из комнаты в комнату. Везде чисто, везде тихо и пусто, лампады сияют перед образами, а нигде по дому ни звука живого, ни голоса человеческого.

Походит, походит Катерина Львовна по пустым комнатам, начнет зевать со скуки и полезет по лесенке в свою супружескую опочивальню, устроенную на высоком небольшом мезонинчике. Тут тоже посидит, поглазеет, как у амбаров пеньку вешают или крупчатку ссыпают,— опять ей зевнется, она и рада: прикорнет часок-другой, а проснется — опять та же скука русская, скука купеческого дома, от которой весело, говорят, даже удавиться. Читать Катерина Львовна была не охотница, да и книг к тому ж, окромя киевского патерика, в доме их не было.

Скучною жизнью жилось Катерине Львовне в богатом свекровом доме в течение целых пяти лет ее жизни за неласковым мужем; но никто, как водится, не обращал на эту скуку ее ни малейшего внимания.

## ГЛАВА ВТОРАЯ

На шестую весну Катерины Львовниного замужества у Измайловых прорвало мельничную плотину. Работы на ту пору, как нарочно, на мельницу было завезено много, а прорва учинилась огромная: вода ушла под нижний лежень холостой скрыни, и захватить ее скорой рукой никак не удавалось. Согнал Зиновий Борисыч народу на мельницу с целой округи и сам там сидел безотлучно; городские дела уж один старик правил, а Катерина Львовна маялась дома по целым дням одна-одинешенька. Сначала ей без мужа еще скучней было, а тут будто даже как и лучше показалось: свободнее ей одной стало. Сердце ее к нему никогда особенно не лежало, а без него по крайней мере одним командиром над ней стало меньше.

Сидела раз Катерина Львовна у себя на вышке под окошечком, зевала-зевала, ни о чем определенном не думая, да и стыдно ей, наконец, зевать стало. А на дворе погода такая чудесная: тепло, светло, весело, и сквозь зеленую деревянную решетку сада видно, как по деревьям с сучка на сучок перепархивают разные птички.

«Что это я в самом деле раззевалась?— подумала Катерина Львовна.— Сем-ну я хоть встану по двору погуляю или в сад пройдусь».

Накинула на себя Катерина Львовна старую штофную шубочку и вышла.

На дворе так светло и крепко дышится, а на галерее у амбаров такой хохот веселый стоит.

— Чего это вы так радуетесь?— спросила Катерина Львовна свекровых приказчиков.

— А вот, матушка Катерина Ильвовна, свинью живую вешали,— отвечал ей старый приказчик.

— Какую свинью?

— А вот свинью Аксинью, что родила сына Василья да не позвала нас на крестины,— смело и весело рассказывал молодец с дерзким красивым лицом, обрамленным черными как смоль кудрями и едва пробивающейся бородкой.

Из мучной кади, привешенной к весовому коромыслу, в эту минуту выглянула толстая рожа румяной кухарки Аксиньи.

— Черти, дьяволы гладкие,— ругалась кухарка, стараясь схватиться за железное коромысло и вылезть из раскачивающейся кади.

— Восемь пудов до обеда тянет, а пихтерь[1] сена съест, так и гирь недостанет,— опять объяснял красивый молодец и, повернув кадь, выбросил кухарку на сложенное в угле кульё.

Баба, шутливо ругаясь, начала оправляться.

— Ну-ка, а сколько во мне будет?— пошутила Катерина Львовна и, взявшись за веревки, стала на доску.

— Три пуда семь фунтов,— отвечал тот же красивый молодец Сергей, бросив гирь на весовую скайму.— Диковина!

— Чему ж ты дивуешься?

— Да что три пуда в вас потянуло, Катерина Ильвовна. Вас, я так рассуждаю, целый день на руках носить надо — и то не уморишься, а только за удовольствие это будешь для себя чувствовать.

— Что ж я, не человек, что ли? Небось тоже устанешь, — ответила, слегка краснея, отвыкшая от таких речей Катерина Львовна, чувствуя внезапный прилив желания разболтаться и наговориться словами веселыми и шутливыми.

— Ни Боже мой! В Аравию счастливую занес бы,— отвечал ей Сергей на ее замечание.

— Не так ты, молодец, рассуждаешь,— говорил ссыпавший мужичок.— Что есть такое в нас тяжесть? Разве тело наше тянет? тело наше, милый человек, на весу ни чего не значит: сила наша, сила тянет — не тело!

— Да, я в девках страсть сильна была,— сказала,

---

1 большая корзина.

опять не утерпев, Катерина Львовна.— Меня даже мужчина не всякий одолевал.

— А ну-с, позвольте ручку, если как это правда,— попросил красивый молодец.

Катерина Львовна смутилась, но протянула руку.

— Ой, пусти кольцо: больно!— вскрикнула Катерина Львовна, когда Сергей сжал в своей руке ее руку, и свободною рукою толкнула его в грудь.

Молодец выпустил хозяйкину руку и от ее толчка отлетел на два шага в сторону.

— Н-да, вот ты и рассуждай, что женщина,— удивился мужичок.

— Нет, а вы позвольте так взяться, на-борки,— относился, раскидывая кудри, Серега.

— Ну, берись,— ответила, развеселившись, Катерина Львовна и приподняла кверху свои локоточки.

Сергей обнял молодую хозяйку и прижал ее твердую грудь к своей красной рубашке. Катерина Львовна только было пошевельнула плечами, а Сергей приподнял ее от полу, подержал на руках, сжал и посадил тихонько на опрокинутую мерку.

Катерина Львовна не успела даже распорядиться своею хваленою силою. Красная-раскрасная, поправила она, сидя на мерке, свалившуюся с плеча шубку и тихо пошла из амбара, а Сергей молодецки кашлянул и крикнул:

— Ну вы, олухи царя небесного! Сыпь, не зевай, гребла не замай; будут вершки, наши лишки.

Будто как он и внимания не обратил на то, что сейчас

было.

— Девичур этот проклятый Сережка!— рассказывала, плетясь за Катериной Львовной, кухарка Аксинья.— Всем вор взял — что ростом, что лицом, что красотой. Какую ты хочешь женчину, сейчас он ее, подлец, улестит, и улестит и до греха доведет. А что уж непостоянный, подлец, пренепостоянный-непостоянный!

— А ты, Аксинья... того,— говорила, идучи впереди ее, молодая хозяйка,— мальчик-то твой у тебя жив?

— Жив, матушка, жив — что ему! Где они не нужны-то кому, у тех они ведь живущи.

— И откуда это он у тебя?

— И-и! так, гулевой — на народе ведь живешь-то — гулевой.

— Давно он у нас, этот молодец?

— Кто это? Сергей-то, что ли?

— Да.

— С месяц будет. У Копчоновых допреж служил, так прогнал его хозяин.— Аксинья понизила голос и досказала: — Сказывают, с самой с хозяйкой в любви был... Ведь вот, треанафемская его душа, какой смелый!

## ГЛАВА ТРЕТЬЯ

Теплые молочные сумерки стояли над городом. Зиновий Борисыч еще не возвращался с попрудки. Свекра Бориса Тимофеича тоже не было дома: поехал к старому приятелю на именины, даже и к ужину заказал себя не дожидаться. Катерина Львовна от нечего делать рано повечери́ла, открыла у себя на вышке окошечко и, прислонясь к косяку, шелушила подсолнечные зернышки.

Люди в кухне поужинали и расходились по двору спать: кто под сараи, кто к амбарам, кто на высокие душистые сеновалы. Позже всех вышел из кухни Сергей. Он походил по двору, спустил цепных собак, посвистал и, проходя мимо окна Катерины Львовны, поглядел на нее и низко ей поклонился.

— Здравствуй,— тихо сказала ему с своей вышки Катерина Львовна, и двор смолк, словно пустыня.

— Сударыня!— произнес кто-то чрез две минуты у запертой двери Катерины Львовны.

— Кто это?— испугавшись, спросила Катерина Львовна.

— Не извольте пугаться: это я, Сергей,— отвечал приказчик.

— Что тебе, Сергей, нужно?

— Дельце к вам, Катерина Ильвовна, имею: просить вашу милость об одной малости желаю; позвольте взойти на минуту.

Катерина Львовна повернула ключ и впустила Сергея.

— Что тебе?— спросила она, сама отходя к окошку.

— Пришел к вам, Катерина Ильвовна, попросить, нет ли у вас какой-нибудь книжечки почитать. Скука очень одолевает.

— У меня, Сергей, нет никаких книжек: не читаю я их, — отвечала Катерина Львовна.

— Такая скука,— жаловался Сергей.

— Чего тебе скучать!

— Помилуйте, как не скучать: человек я молодой,

живем мы словно как в монастыре каком, а вперед видишь только то, что, может быть, до гробовой доски должен пропадать в таком одиночестве. Даже отчаянье иногда приходит.

— Чего ж ты не женишься?

— Легко сказать, сударыня, жениться! На ком тут жениться? Человек я незначительный; хозяйская дочь за меня не пойдет, а по бедности все у нас, Катерина Ильвовна, вы сами изволите знать, необразованность. Разве она могут что об любви понимать как следует! Вот изволите видеть, какое ихнее и у богатых-то понятие. Вот вы, можно сказать, каждому другому человеку, который себя чувствует, в утешение бы только для него были, а вы у них теперь как канарейка в клетке содержитесь.

— Да, мне скучно,— сорвалось у Катерины Львовны.

— Как не скучать, сударыня, в эдакой жизни! Хоша бы даже и предмет какой у вас был со стороны, так, как другие прочие делают, так вам и видеться с ним даже невозможно.

— Ну это ты... не то совсем. Мне вот, когда б я себе ребеночка бы родила, вот бы мне с ним, кажется, и весело стало.

— Да ведь это, позвольте вам доложить, сударыня, ведь и ребенок тоже от чего-нибудь тоже бывает, а не так же. Нешто теперь, по хозяевам столько лет живши и на эдакую женскую жизнь по купечеству глядючи, мы тоже не понимаем? Песня поется: «без мила дружка обуяла грусть-тоска», и эта тоска, доложу вам, Катерина Ильвовна, собственному моему сердцу столь, могу сказать, чувствительна, что вот взял бы я его вырезал булатным ножом из моей груди и бросил бы к вашим ножкам. И легче, сто раз легче бы мне тогда было…

У Сергея задрожал голос.

— Что это ты мне тут про свое сердце сказываешь? Мне это ни к чему. Иди ты себе…

— Нет, позвольте, сударыня,— произнес Сергей, трепеща всем телом и делая шаг к Катерине Львовне.— Знаю я, вижу и очень даже чувствую и понимаю, что и вам не легче моего на свете; ну только теперь,— произнес он одним придыханием,— теперь все это состоит в эту минуту в ваших руках и в вашей власти.

— Ты чего? чего? Чего ты пришел ко мне? Я за окно брошусь,— говорила Катерина Львовна, чувствуя себя под несносною властью неописуемого страха, и схватилась рукою за подоконницу.

— Жизнь ты моя несравненная! на что тебе бросаться?— развязно прошептал Сергей и, оторвав молодую хозяйку от окна, крепко ее обнял.

— Ох! ох! пусти,— тихо стонала Катерина Львовна, слабея под горячими поцелуями Сергея, а сама мимовольно прижималась к его могучей фигуре.

Сергей поднял хозяйку, как ребенка, на руки и унес ее в темный угол.

В комнате наступило безмолвие, нарушавшееся только мерным тиканьем висевших над изголовьем кровати Катерины Львовны карманных часов ее мужа; но это ничему не мешало.

— Иди,— говорила Катерина Львовна через полчаса, не смотря на Сергея и поправляя перед маленьким зеркальцем свои разбросанные волосы.

— Чего я таперича отсюдова пойду,— отвечал ей счастливым голосом Сергей.

— Свекор двери запрет.

— Эх, душа, душа! Да каких ты это людей знала, что им только дверью к женщине и дорога? Мне что к тебе, что от тебя — везде двери,— отвечал молодец, указывая на столбы, поддерживающие галерею.

## ГЛАВА ЧЕТВЕРТАЯ

Зиновий Борисыч еще неделю не бывал домой, и всю эту неделю жена его, что ночь, до самого бела света гуляла с Сергеем.

Много было в эти ночи в спальне Зиновия Борисыча и винца из свекрового погреба попито, и сладких сластей поедено, и в сахарные хозяйкины уста поцеловано, и черными кудрями на мягком изголовье поиграно. Но не все дорога идет скатертью, бывают и перебоинки.

Не спалось Борису Тимофеичу: блуждал старик в пестрой ситцевой рубашке по тихому дому, подошел к одному окну, подошел к другому, смотрит, а по столбу из-под невесткина окна тихо-тихохонько спускается книзу красная рубаха молодца Сергея. Вот тебе и новость! Выскочил Борис Тимофеич и хвать молодца за ноги. Тот развернулся было, чтоб съездить хозяина от всего сердца по уху, да и остановился, рассудив, что шум выйдет.

— Сказывай,— говорит Борис Тимофеич,— где был, вор ты эдакой?

— А где был,— говорит,— там меня, Борис Тимофеич, сударь, уж нету,— отвечал Сергей.

— У невестки ночевал?

— Про то, хозяин, опять-таки я знаю, где ночевал; а ты вот что, Борис Тимофеич, ты моего слова послушай: что, отец, было, того назад не воротишь; не клади ж ты по крайности позору на свой купеческий дом. Сказывай, чего ты от меня теперь хочешь? Какого ублаготворения желаешь?

— Желаю я тебе, аспиду, пятьсот плетей закатить,— отвечал Борис Тимофеич.

— Моя вина — твоя воля,— согласился молодец.— Говори, куда идти за тобой, и тешься, пей мою кровь.

Повел Борис Тимофеич Сергея в свою каменную кладовеньку, и стегал он его нагайкою, пока сам из сил выбился. Сергей ни стона не подал, но зато половину рукава у своей рубашки зубами изъел.

Бросил Борис Тимофеич Сергея в кладовой, пока взбитая в чугун спина заживет; сунул он ему глиняный кувшин водицы, запер его большим замком и послал за сыном.

Но за сто верст на Руси по проселочным дорогам еще и теперь не скоро ездят, а Катерине Львовне без Сергея и час лишний пережить уже невмоготу стало. Развернулась она вдруг во всю ширь своей проснувшейся натуры и такая стала решительная, что и унять ее нельзя. Проведала она, где Сергей, поговорила с ним через железную дверь и кинулась ключей искать. «Пусти, тятенька, Сергея»,— пришла она к свекру.

Старик так и позеленел. Он никак не ожидал такой наглой дерзости от согрешившей, но всегда до сих пор покорной невестки.

— Что ты это, такая-сякая,— начал он срамить

Катерину Львовну.

— Пусти,— говорит,— я тебе совестью заручаюсь, что еще худого промеж нас ничего не было.

— Худого,— говорит,— не было! а сам зубами так и скрипит.— А чем вы там с ним по ночам займались? Подушки мужнины перебивали?

А та все с своим пристает: пусти его да пусти.

— А коли так,— говорит Борис Тимофеич,— так вот же тебе: муж приедет, мы тебя, честную жену, своими руками на конюшне выдерем, а его, подлеца, я завтра же в острог отправлю.

Тем Борис Тимофеич и порешил; но только это решение его не состоялось.

## ГЛАВА ПЯТАЯ

Поел Борис Тимофеич на ночь грибков с кашицей, и началась у него изжога; вдруг схватило его под ложечкой; рвоты страшные поднялись, и к утру он умер, и как раз так, как умирали у него в амбарах крысы, для которых Катерина Львовна всегда своими собственными руками приготовляла особое кушанье с порученным ее хранению опасным белым порошком.

Выручила Катерина Львовна своего Сергея из стариковской каменной кладовой и без всякого зазора от людских очей уложила его отдыхать от свекровых побоев на мужниной постели; а свекра, Бориса Тимофеича, ничтоже сумняся, схоронили по закону христианскому. Дивным делом никому и невдомек ничего стало: умер Борис Тимофеич, да и умер, поевши грибков, как многие, поевши их, умирают. Схоронили Бориса Тимофеича спешно, даже и сына не дождавшись, потому что время стояло на дворе теплое, а Зиновия Борисыча посланный не застал на мельнице. Тому лес случайно как-то дешево попался еще верст за сто: посмотреть его поехал и никому путем не объяснил, куда поехал.

Справившись с этим делом, Катерина Львовна уж совсем разошлась. То она была баба неробкого десятка, а тут и нельзя было разгадать, что такое она себе задумала; ходит козырем, всем по дому распоряжается, а Сергея так от себя и не отпускает. Задивились было этому по двору, да Катерина Львовна всякого сумела найти своей щедрой рукой, и все это дивованье вдруг сразу прошло. «Зашла,— смекали,— у хозяйки с Сергеем алигория, да и только.— Ее, мол, это дело, ее и ответ будет».

А тем временем Сергей выздоровел, разогнулся и опять молодец молодцом, живым кречетом заходил около Катерины Львовны, и опять пошло у них снова житье разлюбезное. Но время катилось не для них одних: спешил домой из долгой отлучки и обиженный муж Зиновий Борисыч.

## ГЛАВА ШЕСТАЯ

На дворе после обеда стоял пёклый жар, и проворная муха несносно докучала. Катерина Львовна закрыла окно в спальне ставнями и еще шерстяным платком его изнутри завесила, да и легла с Сергеем отдохнуть на высокой купеческой постели. Спит и не спит Катерина Львовна, а только так ее и омаривает, так лицо пóтом и обливается, и дышится ей таково горячо и тягостно. Чувствует Катерина Львовна, что пора ей и проснуться; пора идти в сад чай пить, а встать никак не может. Наконец кухарка подошла и в дверь постучала: «Самовар, — говорит,— под яблонью глохнет». Катерина Львовна насилу прокинулась и ну кота ласкать. А кот промежду ее с Сергеем трется, такой славный, серый, рослый да претолстющий-толстый... и усы как у оброчного бурмистра. Катерина Львовна заворошилась в его пушистой шерсти, а он так к ней с рылом и лезет: тычется тупой мордой в упругую грудь, а сам такую тихонькую песню поет, будто ею про любовь рассказывает. «И чего еще сюда этот котище зашел?— думает Катерина Львовна.— Сливки тут-то я на окне поставила: беспременно он, подлый, у меня их вылопает. Выгнать его»,— решила она и хотела схватить кота и выбросить, а он, как туман, так мимо пальцев у нее и проходит. «Однако откуда же этот кот у нас взялся?— рассуждает в кошмаре Катерина Львовна.— Никогда у нас в спальне никакого кота не было, а тут ишь какой забрался!» Хотела она опять кота рукой взять, а его опять нет. «О, да что ж это такое? Уж это, полно, кот ли?» — подумала Катерина Львовна. Оторопь ее вдруг взяла и сон и дрему совсем от нее прогнала. Оглянулась Катерина Львовна по горнице — никакого кота нет, лежит только красивый Сергей и своей могучей рукой ее грудь к своему горячему лицу прижимает.

Встала Катерина Львовна, села на постель, целовала, целовала Сергея, миловала, миловала его, поправила измятую перину и пошла в сад чай пить; а солнце уже совсем свалило, и на горячо прогретую землю спускается чудный, волшебный вечер.

— Заспалась я,— говорила Аксинье Катерина Львовна и уселась на ковре под цветущею яблонью чай пить.— И что это такое, Аксиньюшка, значит?— пытала она кухарку, вытирая сама чайным полотенцем блюдечко.

— Что, матушка?

— Не то что во сне, а вот совсем вот наяву кот ко мне

все какой-то лез.

— И, что ты это?

— Право, кот лез.

Катерина Львовна рассказала, как к ней лез кот.

— И зачем тебе его было ласкать?

— Ну вот поди ж! сама не знаю, зачем я его ласкала.

— Чудно, право!— восклицала кухарка.

— Я и сама надивиться не могу.

— Это беспременно вроде как к тебе кто-нибудь прибьется, что ли, либо еще что-нибудь такое выйдет.

— Да что ж такое именно?

— Ну *именно что* — уж этого тебе никто, милый друг, объяснить не может, что именно, а только что-нибудь да будет.

— Месяц все во сне видела, а потом этот кот,— продолжала Катерина Львовна.

— Месяц это младенец.

Катерина Львовна покраснела.

— Не спослать ли сюда к твоей милости Сергея?— попытала ее напрашивающаяся в наперсницы Аксинья.

— Ну что ж,— отвечала Катерина Львовна,— и то правда, поди пошли его: я его чаем тут напою.

— То-то, я говорю, что послать его,— порешила Аксинья и закачалась уткою к садовой калитке.

Катерина Львовна и Сергею про кота рассказала.

— Мечтанье одно,— отвечал Сергей.

— С чего ж его, этого мечтанья, прежде, Сережа, никогда не было?

— Мало чего прежде не бывало! бывало, вон я на тебя только глазком гляжу да сохну, а нонче вона! Всем твоим белым телом владею.

Сергей обнял Катерину Львовну, перекружил на воздухе и, шутя, бросил ее на пушистый ковер.

— Ух, голова закружилась,— заговорила Катерина Львовна.— Сережа! поди-ка сюда; сядь тут возле,— позвала она, нежась и потягиваясь в роскошной позе.

Молодец, нагнувшись, вошел под низкую яблонь, залитую белыми цветами, и сел на ковре в ногах у Катерины Львовны.

— А ты сох же по мне, Сережа?

— Как же не сох.

— Как же ты сох? Расскажи мне про это.

— Да как про это расскажешь? Разве можно про это изъяснить, как сохнешь? Тосковал.

— Отчего ж я этого, Сережа, не чувствовала, что ты по мне убиваешься? Это ведь, говорят, чувствуют.

Сергей промолчал.

— А ты для чего песни пел, если тебе по мне скучно было? что? Я ведь небось слыхала, как ты на галдарее пел, — продолжала спрашивать, ласкаясь, Катерина Львовна.

— Что ж что песни пел? Комар вон и весь свой век поет, да ведь не с радости,— отвечал сухо Сергей.

Вышла пауза. Катерина Львовна была полна высочайшего восторга от этих признаний Сергея.

Ей хотелось говорить, а Сергей супился и молчал.

— Посмотри, Сережа, рай-то, рай-то какой!— воскликнула Катерина Львовна, смотря сквозь покрывающие ее густые ветви цветущей яблони на чистое голубое небо, на котором стоял полный погожий месяц.

Лунный свет, пробиваясь сквозь листья и цветы яблони, самыми причудливыми, светлыми пятнышками разбегался по лицу и всей фигуре лежавшей навзничь Катерины Львовны; в воздухе стояло тихо; только легонький теплый ветерочек чуть пошевеливал сонные листья и разносил тонкий аромат цветущих трав и деревьев. Дышалось чем-то томящим, располагающим к лени, к неге и к темным желаниям.

Катерина Львовна, не получая ответа, опять замолчала и все смотрела сквозь бледнорозовые цветы яблони на небо. Сергей тоже молчал; только его не занимало небо. Обхватив обеими руками свои колени, он сосредоточенно глядел на свои сапожки.

Золотая ночь! Тишина, свет, аромат и благотворная, оживляющая теплота. Далеко за оврагом, позади сада, кто-то завел звучную песню; под забором в густом черемушнике щелкнул и громко заколотил соловей; в клетке на высоком шесте забредил сонный перепел, и жирная лошадь томно вздохнула за стенкой конюшни, а по выгону за садовым забором пронеслась без всякого шума веселая стая собак и исчезла в безобразной, черной тени полуразвалившихся, старых соляных магазинов.

Катерина Львовна приподнялась на локоть и глянула на высокую садовую траву; а трава так и играет с лунным блеском, дробящимся о цветы и листья деревьев. Всю ее позолотили эти прихотливые, светлые пятнышки и так на ней и мелькают, так и трепещутся, словно живые огненные бабочки, или как будто вот вся трава под деревьями взялась лунной сеткой и ходит из стороны в сторону.

— Ах, Сережечка, прелесть-то какая!— воскликнула, оглядевшись, Катерина Львовна.

Сергей равнодушно повел глазами.

— Что ты это, Сережа, такой нерадостный? Или уж тебе и любовь моя прискучила?

— Что пустое говорить!— отвечал сухо Сергей и, нагнувшись, лениво поцеловал Катерину Львовну.

— Изменщик ты, Сережа,— ревновала Катерина Львовна,— необстоятельный.

— Я даже этих и слов на свой счет не принимаю,— отвечал спокойным тоном Сергей.

— Что ж ты меня так целуешь?

Сергей совсем промолчал.

— Это только мужья с женами,— продолжала, играя его кудрями, Катерина Львовна,— так друг дружке с губ пыль обивают. Ты меня так целуй, чтоб вот с этой яблони, что над нами, молодой цвет на землю посыпался. Вот так, вот,— шептала Катерина Львовна, обвиваясь около любовника и целуя его с страстным увлечением.

— Слушай, Сережа, что́ я тебе скажу,— начала Катерина Львовна спустя малое время,— с чего это все в одно слово про тебя говорят, что ты изменщик?

— Кому ж это про меня брехать охота?

— Ну уж говорят люди.

— Может быть, когда и изменял тем, какие совсем нестоящие.

— А на что, дурак, с нестоящими связывался? с нестоющею не надо и любви иметь.

— Говори ж ты! Неш это дело тоже как по рассуждению делается? Один соблаз действует. Ты с нею совсем просто, без всяких этих намерений заповедь свою преступил, а она уж и на шею тебе вешается. Вот и любовь!

— Слушай же, Сережа! я там, как другие прочие были, ничего этого не знаю, да и знать про это не хочу; ну а только как ты меня на эту теперешнюю нашу любовь сам улещал и сам знаешь, что сколько я пошла на нее своею охотою, столько ж и твоей хитростью, так ежели ты, Сережа, мне да изменишь, ежели меня да на кого да нибудь, на какую ни на есть иную променяешь, я с тобою, друг мой сердечный, извини меня,— живая не расстанусь.

Сергей встрепенулся.

— Да ведь, Катерина Ильвовна! свет ты мой ясный!— заговорил он.— Ты сама посмотри, какое наше с тобою дело. Ты вон так теперь замечаешь, что я задумчив нонче, а не рассудишь ты того, как мне и задумчивым не быть. У меня, может, все сердце мое в запеченной крови затонуло!

— Говори, говори, Сережа, свое горе.

— Да что тут и говорить! Вот сейчас, вот первое дело, благослови Господи, муж твой наедет, а ты, Сергей Филипыч, и ступай прочь, отправляйся на задний двор к музыкантам и смотри из-под сарая, как у Катерины Ильвовны в спальне свеченька горит, да как она пуховую постельку перебивает, да с своим законным Зиновием с Борисычем опочивать укладывается.

— Этого не будет!— весело протянула Катерина Львовна и махнула ручкой.

— Как так этого не будет! А я так понимаю, что со всем даже без этого вам невозможно. А я тоже, Катерина Ильвовна, свое сердце имею и могу свои муки видеть.

— Да ну, полно тебе все об этом.

Катерине Львовне было приятно это выражение Сергеевой ревности, и она, рассмеявшись, опять взялась за свои поцелуи.

— А повторительно,— продолжал Сергей, тихонько высвобаживая свою голову из голых по плечи рук Катерины Львовны,— повторительно надо сказать и то, что состояние мое самое ничтожное тоже заставляет, может, не раз и не десять раз рассудить и так и иначе. Будь я, так скажу, равный вам, будь я какой барин или купец, я бы то есть с вами, Катерина Ильвовна, и ни в жизнь мою не расстался. Ну, а так сами вы посудите, что я за человек при вас есть? Видючи теперь, как возьмут вас за белые ручки и поведут в опочивальню, должен я все это переносить в моем сердце и, может, даже сам для себя чрез то на целый век презренным человеком сделаться. Катерина Ильвовна! Я ведь не как другие прочие, для которого все равно, абы ему от женщины только радость получить. Я чувствую, какова есть любовь и как она черной змеею сосет мое сердце...

— Что ты это мне все про такое толкуешь?— перебила его Катерина Львовна.

Ей стало жаль Сергея.

— Катерина Ильвовна! Как про это не толковать-то? Как не толковать-то? Когда, может, все уж им объяснено и расписано, когда, может, не только что в каком-нибудь долгом расстоянии, а даже самого завтрашнего числа Сергея здесь ни духу, ни паху на этом дворе не останется?

— Нет, нет, и не говори про это, Сережа! Этого ни за что не будет, чтоб я без тебя осталась,— успокоивала его все с теми же ласками Катерина Львовна.— Если только пойдет на что дело… либо ему, либо мне не жить, а уж ты со мной будешь.

— Никак этого не может, Катерина Ильвовна, последовать,— отвечал Сергей, печально и грустно качая своею головою.— Я жизни моей не рад сам за этой любовью. Любил бы то, что не больше самого меня стоит, тем бы и доволен был. Вас ли мне с собою в постоянной любви иметь? Нешто это вам почет какой — полюбовницей быть? Я б хотел пред святым предвечным храмом мужем вам быть: так тогда я, хоть завсегда млаже себя перед вами считая, все-таки мог бы по крайности публично всем обличить, сколь я у своей жены почтением своим к ней заслуживаю…

Катерина Львовна была отуманена этими словами Сергея, этою его ревностью, этим его желанием жениться на ней — желанием, всегда приятным женщине, несмотря на самую короткую связь ее с человеком до женитьбы. Катерина Львовна теперь готова была за Сергея в огонь, в воду, в темницу и на крест. Он влюбил ее в себя до того, что меры ее преданности ему не было никакой. Она обезумела от своего счастия; кровь ее кипела, и она не могла более ничего слушать. Она быстро зажала ладонью Сергеевы губы и, прижав к груди своей его голову, заговорила;

— Ну, уж я знаю, как я тебя и купцом сделаю и жить с тобою совсем как следует стану. Ты только не печаль меня попусту, пока еще дело наше не пришло до нас.

И опять пошли поцелуи да ласки.

Старому приказчику, спавшему в сарае, сквозь крепкий сон стал слышаться в ночной тишине то шепот с тихим смехом, будто где шаловливые дети советуются, как злее над хилою старостью посмеяться; то хохот звонкий и веселый, словно кого озерные русалки щекочут. Все это, плескаясь в лунном свете да покатываясь по мягкому ковру, резвилась и играла Катерина Львовна с молодым мужниным приказчиком. Сыпался, сыпался на них молодой белый цвет с кудрявой яблонки, да уж и перестал сыпаться. А тем временем короткая летняя ночь проходила, луна спряталась за крутую крышу высоких амбаров и глядела на землю искоса, тусклее и тусклее; с кухонной крыши раздался пронзительный кошачий дуэт; потом послышались плевок, сердитое фырканье, и вслед за тем два или три кота, оборвавшись, с шумом покатились по приставленному к крыше пуку теса.

— Пойдем спать,— сказала Катерина Львовна медленно, словно разбитая, приподнимаясь с ковра, и как лежала в одной рубашке да в белых юбках, так и пошла по тихому, до мертвенности тихому купеческому двору, а Сергей понес за нею коверчик и блузу, которую она, расшалившись, сбросила.

## ГЛАВА СЕДЬМАЯ

Только Катерина Львовна задула свечу и совсем раздетая улеглась на мягкий пуховик, сон так и окутал ее голову. Заснула Катерина Львовна, наигравшись и натешившись, так крепко, что и нога ее спит и рука спит;

но опять слышит она сквозь сон, будто опять дверь отворилась и на постель тяжелым осметком упал давишний кот.

— Да что же это в самом деле за наказание с этим котом?— рассуждает усталая Катерина Львовна.— Дверь теперь уж нарочно я сама, своими руками на ключ заперла, окно закрыто, а он опять тут. Сейчас его выкину, — собиралась встать Катерина Львовна, да сонные руки и ноги ее не служат ей; а кот ходит по всей по ней и таково-то мудрено курничит, опять будто слова человеческие выговаривает. По Катерине Львовне по всей даже мурашки стали бегать.

«Нет,— думает она,— больше ничего, как непременно завтра надо богоявленской воды взять на кровать, потому что премудреный какой-то этот кот ко мне повадился».

А кот курны-мурны у нее над ухом, уткнулся мордою да и выговаривает: «Какой же,— говорит,— я кот! С какой стати! Ты это очень умно, Катерина Львовна, рассуждаешь, что совсем я не кот, а я именитый купец Борис Тимофеич. Я только тем теперь плох стал, что у меня все мои кишечки внутри потрескались от невестушкиного от угощения. С того,— мурлычит,— я весь вот и поубавился и котом теперь показываюсь тому, кто мало обо мне разумеет, что я такое есть в самом деле. Ну, как же нонче ты у нас живешь-можешь, Катерина Львовна? Как свой закон верно соблюдаешь? Я и с кладбища нарочно пришел поглядеть, как вы с Сергеем Филипычем мужнину постельку согреваете. Курны-мурны, я ведь ничего не вижу. Ты меня не бойся: у меня, видишь, от твоего угощения и глазки повылезли. Глянь мне в глаза-то, дружок, не бойся!»

Катерина Львовна глянула и закричала благим матом.

Между ней и Сергеем опять лежит кот, а голова у того кота Бориса Тимофеича во всю величину, как была у покойника, и вместо глаз по огненному кружку в разные стороны так и вертится, так и вертится!

Проснулся Сергей, успокоил Катерину Львовну и опять заснул; но у нее весь сон прошел — и кстати.

Лежит она с открытыми глазами и вдруг слышит, что на двор будто кто-то через ворота перелез. Вот и собаки метнулись было, да и стихли,— должно быть, ласкаться стали. Вот и еще прошла минута, и железная клямка внизу щелкнула, и дверь отворилась. «Либо мне все это слышится, либо это мой Зиновий Борисыч вернулся, потому что дверь его запасным ключом отперта»,— подумала Катерина Львовна и торопливо толкнула Сергея.

— Слушай, Сережа,— сказала она и сама приподнялась на локоть и насторожила ухо.

По лестнице тихо, с ноги на ногу осторожно переступаючи, действительно кто-то приближался к запертой двери спальни.

Катерина Львовна быстро спрыгнула в одной рубашке с постели и открыла окошко. Сергей в ту же минуту босиком выпрыгнул на галерею и обхватил ногами столб, по которому не первый раз спускался из хозяйкиной спальни.

— Нет, не надо, не надо. Ты приляг тут... не отходи далеко,— прошептала Катерина Львовна и выкинула Сергею за окно его обувь и одежду, а сама опять юркнула под одеяло и дожидается.

Сергей послушался Катерины Львовны: он не

шмыгнул по столбу вниз, а приютился под лубком на галереечке.

Катерина Львовна тем временем слышит, как муж подошел к двери и, утаивая дыхание, слушает. Ей даже слышно, как учащенно стукает его ревнивое сердце; но не жалость, а злой смех разбирает Катерину Львовну.

«Ищи вчерашнего дня»,— думает она себе, улыбаясь и дыша непорочным младенцем.

Это продолжалось минут десять; но, наконец, Зиновию Борисычу надоело стоять за дверью да слушать, как жена спит: он постучался.

— Кто там?— не совсем скоро и будто как сонным голосом окликнула Катерина Львовна.

— Свои,— отозвался Зиновий Борисыч.

— Это ты, Зиновий Борисыч?

— Ну я! Будто ты не слышишь!

Катерина Львовна вскочила как лежала в одной рубашке, впустила мужа в горницу и опять нырнула в теплую постель.

— Чтой-то перед зарей холодно становится,— произнесла она, укутываясь одеялом.

Зиновий Борисыч взошел озираясь, помолился, зажег свечу и еще огляделся.

— Как живешь-можешь?— спросил он супругу.

— Ничего,— отвечала Катерина Львовна и, привставая, начала надевать распашную ситцевую блузу.

— Самовар небось поставить?— спросила она.

— Ничего, вскричите Аксинью, пусть поставит.

Катерина Львовна нахватила нá босу ногу башмачки и выбежала. С полчаса ее назад не было. В это время она сама раздула самоварчик и тихонько запорхнула к Сергею на галерейку.

— Сиди тут,— шепнула она.

— Докуда же сидеть?— также шепотом спросил Сережа.

— О, да какой же ты бестолковый! Сиди, докуда я скажу.

И Катерина Львовна сама посадила его на старое место.

А Сергею отсюда с галереи все слышно, что в спальне происходит. Он слышит опять, как стукнула дверь и Катерина Львовна снова взошла к мужу. Все от слова до слова слышно.

— Что ты там возилась долго?— спрашивает жену Зиновий Борисыч.

— Самовар ставила,— отвечает она спокойно.

Вышла пауза. Сергею слышно, как Зиновий Борисыч вешает на вешалку свой сюртук. Вот он умывается, фыркает и брызжет во все стороны водою; вот спросил полотенце; опять начинаются речи.

— Ну как же это вы тятеньку схоронили?— осведомляется муж.

— Так,— говорит жена,— они померли, их и схоронили.

— И что это за удивительность такая!

— Бог его знает,— отвечала Катерина Львовна и застучала чашками.

Зиновий Борисыч грустный ходил по комнате.

— Ну, а вы тут как свое время провождали?— расспрашивает опять жену Зиновий Борисыч.

— Наши радости-то, чай, всякому известны: по балам не ездим и по тиатрам столько ж.

— А словно радости-то у вас и к мужу немного,— искоса поглядывая, заводил Зиновий Борисыч.

— Не молоденькие тоже мы с вами, чтоб так без ума без разума нам встречаться. Как еще радоваться? Я вот хлопочу, бегаю для вашего удовольствия.

Катерина Львовна опять выбежала самовар взять и опять заскочила к Сергею, дернула его и говорит: «Не зевай, Сережа!»

Сергей путем не знал, к чему все это будет, но, однако, стал наготове.

Вернулась Катерина Львовна, а Зиновий Борисыч стоит коленями на постели и вешает на стенку над изголовьем свои серебряные часы с бисерным снурочком.

— Для чего это вы, Катерина Львовна, в одиноком положении постель надвое разостлали?— как-то мудрено вдруг спросил он жену.

— А вас все дожидала,— спокойно глядя на него, ответила Катерина Львовна.

— И на том благодарим вас покорно... А вот этот предмет теперь откуда у вас на перинке взялся?

Зиновий Борисыч поднял с простыни маленький

шерстяной поясочек Сергея и держал его за кончик перед жениными глазами.

Катерина Львовна нимало не задумалась.

— В саду,— говорит,— нашла да юбку себе подвязала.

— Да! — произнес с особым ударением Зиновий Борисыч,— мы тоже про ваши про юбки кое-что слыхали.

— Что ж это вы слыхали?

— Да всё про дела ваши про хорошие.

— Никаких моих дел таких нету.

— Ну, это мы разберем, все разберем,— отвечал, подвигая жене выпитую чашку, Зиновий Борисыч.

Катерина Львовна промолчала.

— Мы эти ваши дела, Катерина Львовна, все въявь произведем,— проговорил еще после долгой паузы Зиновий Борисыч, поведя на свою жену бровями.

— Не больно-то ваша Катерина Львовна пужлива. Не так очень она этого пужается,— ответила та.

— Что! что! — повыся голос, окрикнул Зиновий Борисыч.

— Ничего — проехали,— отвечала жена.

— Ну, ты гляди у меня того! Что-то ты больно речиста здесь стала!

— А с чего мне и речистой не быть? — отозвалась Катерина Львовна.

— Больше бы за собой смотрела.

— Нечего мне за собой смотреть. Мало кто вам длинным языком чего наязычит, а я должна над собой всякие наругательства сносить! Вот еще новости тоже!

— Не длинные языки, а тут верно про ваши амуры-то известно.

— Про какие-такие мои амуры?— крикнула, непритворно вспыхнув, Катерина Львовна.

— Знаю я, про какие.

— А знаете, так что ж: вы яснее сказывайте!

Зиновий Борисыч промолчал и опять подвинул жене пустую чашку.

— Видно, и говорить-то не про что,— отозвалась с презрением Катерина Львовна, азартно бросив на блюдце мужу чайную ложечку.— Ну сказывайте, ну про кого вам доносили? кто такой есть мой перед вами полюбовник?

— Узнаете, не спешите очень.

— Что вам про Сергея, что ли, что-нибудь набрехано?

— Узнаем-с, узнаем, Катерина Львовна. Нашей над вами власти никто не снимал и снять никто не может... Сами заговорите...

— И-их! терпеть я этого не могу,— скрипнув зубами, вскрикнула Катерина Львовна и, побледнев как полотно, неожиданно выскочила за двери.

— Ну вот он,— произнесла она через несколько секунд, вводя в комнату за рукав Сергея.— Расспрашивайте и его и меня, что вы такое знаете. Может, что-нибудь еще и больше того узнаешь, что тебе хочется?

Зиновий Борисыч даже растерялся. Он глядел то на стоявшего у притолки Сергея, то на жену, спокойно присевшую со скрещенными руками на краю постели, и ничего не понимал, к чему это близится.

— Что ты это, змея, делаешь?— насилу собрался он выговорить, не поднимаясь с кресла.

— Расспрашивай, о чем так знаешь-то хорошо,— отвечала дерзко Катерина Львовна.— Ты меня бойлом задумал пужать,— продолжала она, значительно моргнув глазами,— так не бывать же тому никогда; а что я, может, и допреж твоих этих обещаниев знала, что над тобой сделать, так я то сделаю.

— Что это? вон!— крикнул Зиновий Борисыч на Сергея.

— Как же!— передразнила Катерина Львовна.

Она проворно замкнула дверь, сунула ключ в карман и опять привалилась на постели в своей распашонке.

— Ну-ка, Сережечка, поди-ка, поди, голубчик,— поманила она к себе приказчика.

Сергей тряхнул кудрями и смело присел около хозяйки.

— Господи! Боже мой! Да что ж это такое? Что ж вы это, варвары!?— вскрикнул, весь побагровев и поднимаясь с кресла, Зиновий Борисыч.

— Что? Иль не любо? Глянь-ко, глянь, мой ясмен сокол, каково прекрасно!

Катерина Львовна засмеялась и страстно поцеловала Сергея при муже.

В это же мгновение на щеке ее запылала оглушительная пощечина, и Зиновий Борисыч кинулся к открытому окошку.

## ГЛАВА ВОСЬМАЯ

— А... а, так-то!.. ну, приятель дорогой, благодарствуй. Я этого только и дожидалась!— вскрикнула Катерина Львовна.— Ну теперь видно уж... будь же по-моему, а не по-твоему...

Одним движением она отбросила от себя Сергея, быстро кинулась на мужа и, прежде чем Зиновий Борисыч успел доскочить до окна, схватила его сзади своими тонкими пальцами за горло и, как сырой конопляный сноп, бросила его на пол.

Тяжело громыхнувшись и стукнувшись со всего размаху затылком об пол, Зиновий Борисыч совсем обезумел. Он никак не ожидал такой скорой развязки. Первое насилие, употребленное против него женою, показало ему, что она решилась на все, лишь бы только от него избавиться, и что теперешнее его положение до крайности опасно. Зиновий Борисыч сообразил все это мигом в момент своего падения и не вскрикнул, зная, что голос его не достигнет ни до чьего уха, а только еще ускорит дело. Он молча повел глазами и остановил их с выражением злобы, упрека и страдания на жене, тонкие пальцы которой крепко сжимали его горло.

Зиновий Борисыч не защищался; руки его, с крепко стиснутыми кулаками, лежали вытянутыми и судорожно подергивались. Одна из них была вовсе свободна, другую Катерина Львовна придавила к полу коленом.

— Подержи его,— шепнула она равнодушно Сергею, сама поворачиваясь к мужу.

Сергей сел на хозяина, придавил обе его руки коленами и хотел перехватить под руками Катерины Львовны за горло, но в это же мгновение сам отчаянно вскрикнул. При виде своего обидчика кровавая месть приподняла в Зиновии Борисыче все последние его силы: он страшно рванулся, выдернул из-под Сергеевых колен свои придавленные руки и, вцепившись ими в черные кудри Сергея, как зверь закусил зубами его горло. Но это было ненадолго: Зиновий Борисыч тотчас же тяжело застонал и уронил голову.

Катерина Львовна, бледная, почти не дыша вовсе, стояла над мужем и любовником; в ее правой руке был тяжелый литой подсвечник, который она держала за верхний конец, тяжелою частью книзу. По виску и щеке Зиновия Борисыча тоненьким шнурочком бежала алая кровь.

— Попа,— тупо простонал Зиновий Борисыч, с омерзением откидываясь головою как можно далее от сидящего на нем Сергея.— Исповедаться,— произнес он еще невнятнее, задрожав и кося́сь на сгущающуюся под волосами теплую кровь.

— Хорош и так будешь,— прошептала Катерина Львовна.

— Ну полно с ним копаться,— сказала она Сергею,— перехвати ему хорошенько горло.

Зиновий Борисыч захрипел.

Катерина Львовна нагнулась, сдавила своими руками Сергеевы руки, лежавшие на мужнином горле, и ухом прилегла к его груди. Через пять тихих минут она приподнялась и сказала: «Довольно, будет с него».

Сергей тоже встал и отдулся. Зиновий Борисыч лежал мертвый, с передавленным горлом и рассеченным виском. Под головой с левой стороны стояло небольшое пятнышко крови, которая, однако, более уже не лилась из запекшейся и завалявшейся волосами ранки.

Сергей снес Зиновия Борисыча в погребок, устроенный в подполье той же каменной кладовой, куда еще так недавно запирал самого его, Сергея, покойный Борис Тимофеич, и вернулся на вышку. В это время Катерина Львовна, засучив рукава распашонки и высоко подоткнув подол, тщательно замывала мочалкою с мылом кровавое пятно, оставленное Зиновием Борисычем на полу своей опочивальни. Вода еще не остыла в самоваре, из которого Зиновий Борисыч распаривал отравленным чаем свою хозяйскую душеньку, и пятно вымылось без всякого следа.

Катерина Львовна взяла медную полоскательную чашку и намыленную мочалку.

— Ну-ка, свети,— сказала она Сергею, идучи к двери.
— Ниже, ниже свети,— говорила она, внимательно осматривая все половицы, по которым Сергей должен был тащить Зиновия Борисыча до самой ямы.

Только на двух местах на крашеном полу были два крошечные пятнышка величиною в вишню. Катерина Львовна потерла их мочалкою, и они исчезли.

— Вот тебе, не лазь к жене вором, не подкарауливай, — произнесла Катерина Львовна, распрямляясь и оглянувшись в сторону кладовой.

— Теперь шабаш,— сказал Сергей и вздрогнул от звука собственного голоса.

Когда они вернулись в спальню, тонкая румяная полоска зари прорезывалась на востоке и, золотя легонько одетые цветом яблони, заглядывала сквозь зеленые палки садовой решетки в комнату Катерины Львовны.

По двору, в накинутом на плечи полушубке, крестясь и позевывая, плелся из сарая в кухню старый приказчик.

Катерина Львовна осторожно дернула ходившую на веревочке ставню и внимательно оглянула Сергея, как бы желая прозреть его душу.

— Ну вот ты теперь и купец,— сказала она, положив Сергею на плечи свои белые руки.

Сергей ничего ей не ответил.

Губы Сергея дрожали, и самого его била лихорадка. У Катерины Львовны только уста были холодны.

Через два дня у Сергея на руках явились большие мозоли от лома и тяжелого заступа; зато уж Зиновий Борисыч в своем погребе был так хорошо прибран, что без помощи его вдовы или ее любовника не отыскать бы его никому до общего воскресения.

## ГЛАВА ДЕВЯТАЯ

Сергей ходил, замотав горло пунсовым платком, и жаловался, что у него что-то завалило горло. Между тем, прежде чем у Сергея зажили метины, положенные зубами Зиновия Борисыча, мужа Катерины Львовны хватились. Сам Сергей еще чаще прочих начал про него поговаривать. Присядет вечерком с молодцами на лавку около калитки и заведет: «Чтой-то, однако, исправди, ребята, нашего хозяина по сю пору нетути?»

Молодцы тоже дивуются.

А тут с мельницы пришло известие, что хозяин нанял коней и давно отъехал ко двору. Ямщик, который его возил, сказывал, что Зиновий Борисыч был будто в расстройстве и отпустил его как-то чудно: не доезжая до города версты с три, встал под монастырем с телеги, взял кису[2] и пошел. Услыхав такой рассказ, и еще пуще все вздивовались.

Пропал Зиновий Борисыч, да и только.

Пошли розыски, но ничего не открывалось: купец как в воду канул. По показанию арестованного ямщика узнали только, что над рекою под монастырем купец встал и пошел. Дело не выяснилось, а тем временем Катерина Львовна поживала себе с Сергеем, по вдовьему положению, на свободе. Сочиняли наугад, что Зиновий Борисыч то там, то там, а Зиновий Борисыч все не возвращался, и Катерина Львовна лучше всех знала, что возвратиться ему никак невозможно.

Прошел так и месяц, и другой, и третий, и Катерина Львовна почувствовала себя в тягости.

— Наш капитал будет, Сережечка: есть у меня наследник,— сказала она Сергею и пошла жаловаться. Думе, что так и так, она чувствует себя, что — беременна, а в делах застой начался: пусть ее ко всему допустят.

Не пропадать же коммерческому делу. Катерина Львовна жена своему мужу законная; долгов в виду нет, ну и следует, стало быть, допустить ее. И допустили.

Живет Катерина Львовна, царствует, и Серегу по ней уж Сергеем Филипычем стали звать; а тут хлоп, ни оттуда ни отсюда, новая напасть. Пишут из Ливен городскому голове, что Борис Тимофеич торговал не на весь свой капитал, что более, чем его собственных денег, у него в обороте было денег его малолетнего племянника, Федора

_____
2 мешок, сумка.

Захарова Лямина, и что дело это надо разобрать и не давать в руки одной Катерине Львовне. Пришло это известие, поговорил о нем голова Катерине Львовне, а эдак через неделю бац — из Ливен приезжает старушка с небольшим мальчиком.

— Я,— говорит,— покойному Борису Тимофеичу сестра двоюродная, а это — мой племянник Федор Лямин.

Катерина Львовна их приняла.

Сергей, наблюдая со двора этот приезд и прием, сделанный Катериною Львовною приезжим, побледнел как плат.

— Чего ты?— спросила его хозяйка, заметив его мертвую бледность, когда он вошел вслед за приезжими и, разглядывая их, остановился в передней.

— Ничего,— отвечал, поворачиваясь из передней в сени, приказчик.— Думаю, сколь эти Ливны дивны,— договорил он со вздохом, затворяя за собой сеничную дверь.

— Ну, а как же теперь быть?— спрашивал Катерину Львовну Сергей Филипыч, сидя с нею ночью за самоваром. — Теперь, Катерина Ильвовна, выходит все наше с вами дело прах.

— Отчего так прах, Сережа?

— Потому что это все теперь в раздел пойдет. Над чем же тут над пустым делом будет хозяйничать?

— Неш с тебя, Сережа, мало будет?

— Да не о том, что с меня; а я в тем только сумлеваюсь, что счастья уж того нам не будет.

— Как так? За что нам, Сережа, счастья не будет?

— Потому, как по любви моей к вам я желал бы, Катерина Ильвовна, видеть вас настоящей дамой, а не то что как вы допреж сего жили,— отвечал Сергей Филипыч.
— А теперь наоборот того выходит, что при уменьшении капитала мы и даже против прежнего должны гораздо ниже еще произойти.

— Да неш мне это, Сережечка, нужно?

— Оно точно, Катерина Ильвовна, что вам, может быть, это и совсем не в интересе, ну только для меня, как я вас уважаю, и опять же супротив людских глаз, подлых и завистливых, ужасно это будет больно. Вам там как будет угодно, разумеется, а я так своим соображением располагаю, что никогда я через эти обстоятельства счастлив быть не могу.

И пошел и пошел Сергей играть Катерине Львовне на эту ноту, что стал он через Федю Лямина самым несчастным человеком, лишен будучи возможности возвеличить и отличить ее, Катерину Львовну, предо всем своим купечеством. Сводил это Сергей всякий раз на то, что не будь этого Феди, то родит она, Катерина Львовна, ребенка до девяти месяцев после пропажи мужа, достанется ей весь капитал и тогда счастью их конца-меры не будет.

## ГЛАВА ДЕСЯТАЯ

А потом вдруг Сергей и перестал совсем говорить о наследнике. Как только прекратились о нем речи в устах Сергеевых, так засел Федя Лямин и в ум и в сердце Катерины Львовны. Даже задумчивая и к самому Сергею неласковая она стала. Спит ли, по хозяйству ли выйдет, или Богу молиться станет, а на уме все у нее одно: «Как же это? за что в самом деле должна я через него лишиться капитала? Столько я страдала, столько греха на свою душу приняла,— думает Катерина Львовна,— а он без всяких хлопот приехал и отнимает у меня… И добро бы человек, а то дитя, мальчик… »

На дворе стали ранние заморозки. О Зиновии Борисыче, разумеется, никаких слухов ниоткуда не приходило. Катерина Львовна полнела и все ходила задумчивая; по городу на ее счет в барабаны барабанили, добираясь, как и отчего молодая Измайлова все нерóдица была, все худела да чаврела, и вдруг спереди пухнуть пошла. А отрочествующий сонаследник Федя Лямин в легком беличьем тулупе погуливал по двору да ледок по колдобинкам поламывал.

— Ну, Феодор Игнатьич! ну, купецкий сын!— кричит, бывало, на него, пробегая по двору, кухарка Аксинья.— Пристало это тебе, купецкому-то сыну, да в лужах копаться?

А сонаследник, смущавший Катерину Львовну с ее предметом, побрыкивал себе безмятежным козликом и еще безмятежнее спал супротив пестовавшей его бабушки, не думая и не помышляя, что он кому-нибудь перешел дорогу или поубавил счастья.

Наконец набегал себе Федя ветряную оспу, а к ней привязалась еще простудная боль в груди, и мальчик слег. Лечили его сначала травками да муравками, а потом и за лекарем послали.

Стал ездить лекарь, стал прописывать лекарства, стали их давать мальчику по часам, то сама бабушка, а то Катерину Львовну попросит.

— Потрудись,— скажет,— Катеринушка,— ты, мать, сама человек грузный, сама суда Божьего ждешь;

потрудись.

Катерина Львовна не отказывала старухе. Пойдет ли та ко всенощной помолиться за «лежащего на одре болезни отрока Феодора» или к равней обедне часточку за него вынуть, Катерина Львовна сидит у больного, и напоит его, и лекарство ему даст во-время.

Так пошла старушка к вечерне и ко всенощной под праздник введения, а Катеринушку попросила присмотреть за Федюшкой. Мальчик в эту пору уж обмогался.

Катерина Львовна взошла к Феде, а он сидит на постели в своем беличьем тулупчике и читает патерик.

— Что ты это читаешь, Федя?— спросила его, усевшись в кресло, Катерина Львовна.

— Житие, тетенька, читаю.

— Занятно?

— Очень, тетенька, занятно.

Катерина Львовна подперлась рукою и стала смотреть на шевелящего губами Федю, и вдруг словно демоны с цепи сорвались, и разом осели ее прежние мысли о том, сколько зла причиняет ей этот мальчик и как бы хорошо было, если бы его не было.

«А ведь что,— думалось Катерине Львовне,— ведь больной он; лекарство ему дают... мало ли что в болезни... Только всего и сказу, что лекарь не такое лекарство потрафил».

— Пора тебе, Федя, лекарства?

— Пожалуйте, тетенька,— отвечал мальчик и, хлебнув ложку, добавил: — очень занятно, тетенька, это о святых описывается.

— Ну читай,— проронила Катерина Львовна и, обведя холодным взглядом комнату, остановила его на разрисованных морозом окнах.

— Надо окна велеть закрыть,— сказала она и вышла в гостиную, а оттуда в залу, а оттуда к себе наверх и присела.

Минут через пять к ней туда же наверх молча вошел Сергей в романовском полушубке, отороченном пушистым котиком.

— Закрыли окна?— спросила его Катерина Львовна.

— Закрыли,— отрывисто отвечал Сергей, снял щипцами со свечи и стал у печки.

Водворилось молчание.

— Нонче всенощная не скоро кончится?— спросила Катерина Львовна.

— Праздник большой завтра: долго будут служить,— отвечал Сергей.

Опять вышла пауза.

— Сходить к Феде: он там один,— произнесла, подымаясь, Катерина Львовна.

— Один?— спросил ее, глянув исподлобья, Сергей.

— Один,— отвечала она ему шепотом,— а что?

И из глаз в глаза у них замелькала словно какая сеть молниеносная; но никто не сказал более друг другу ни слова.

Катерина Львовна сошла вниз, прошлась по пустым

комнатам: везде все тихо; лампады спокойно горят; по стенам разбегается ее собственная тень; закрытые ставнями окна начали оттаивать и заплакали. Федя сидит и читает. Увидя Катерину Львовну, он только сказал:

— Тетенька, положьте, пожалуйста, эту книжку, а мне вон ту, с образника, пожалуйте.

Катерина Львовна исполнила просьбу племянника и подала ему книгу.

— Ты не заснул ли бы, Федя?

— Нет, тетенька, я буду бабушку дожидаться.

— Чего тебе ее ждать?

— Она мне благословенного хлебца от всенощной обещалась.

Катерина Львовна вдруг побледнела, собственный ребенок у нее впервые повернулся под сердцем, и в груди у нее протянуло холодом. Постояла она среди комнаты и вышла, потирая стынущие руки.

— Ну!— шепнула она, тихо взойдя в свою спальню и снова заставая Сергея в, прежнем положении у печки.

— Что?— спросил едва слышно Сергей и поперхнулся.

— Он один.

Сергей надвинул брови и стал тяжело дышать.

— Пойдем,— порывисто обернувшись к двери, сказала Катерина Львовна.

Сергей быстро снял сапоги и спросил:

— Что ж взять?

— Ничего,— одним придыханием ответила Катерина

Львовна и тихо повела его за собою за руку.

## ГЛАВА ОДИННАДЦАТАЯ

Больной мальчик вздрогнул и опустил на колени книжку, когда к нему в третий раз взошла Катерина Львовна.

— Что ты, Федя?

— Ох, я, тетенька, чего-то испугался,— отвечал он, тревожно улыбаясь и прижимаясь в угол постели.

— Чего ж ты испугался?

— Да кто это с вами шел, тетенька?

— Где? Никто со мной, миленький, не шел.

— Никто?

Мальчик потянулся к ногам кровати и, прищурив глаза, посмотрел по направлению к дверям, через которые вошла тетка, и успокоился.

— Это мне, верно, так показалось,— сказал он.

Катерина Львовна остановилась, облокотись на изголовную стенку племянниковой кровати.

Федя посмотрел на тетку и заметил ей, что она отчего-то совсем бледная.

В ответ на это замечание Катерина Львовна произвольно кашлянула и с ожиданием посмотрела на дверь гостиной. Там только тихо треснула одна половица.

— Житие моего ангела, святого Феодора Стратилата, тетенька, читаю.— Вот угождал Богу-то.

Катерина Львовна стояла молча.

— Хотите, тетенька, сядьте, а я вам опять прочитаю?

— ласкался к ней племянник.

— Постой, я сейчас, только вот лампаду в зале поправлю,— ответила Катерина Львовна и вышла торопливою походкой.

В гостиной послышался самый тихий шепот; но он дошел среди общего безмолвия до чуткого уха ребенка.

— Тетенька! да что ж это? С кем же это вы там шепчетесь?— вскрикнул, с слезами в голосе, мальчик.— Идите сюда, тетенька: я боюсь,— еще слезливее позвал он через секунду, и ему послышалось, что Катерина Львовна сказала в гостиной «ну», которое мальчик отнес к себе.

— Чего боишься?— несколько охрипшим голосом спросила его Катерина Львовна, входя смелым, решительным шагом и становясь у его кровати так, что дверь из гостиной была закрыта от больного ее телом.— Ляг,— сказала она ему вслед за этим.

— Я, тетенька, не хочу.

— Нет, ты, Федя, послушайся меня, ляг; пора; ляг,— повторила Катерина Львовна.

— Что это вы, тетенька! да я не хочу совсем.

— Нет, ты ложись, ложись,— проговорила Катерина Львовна опять изменившимся, нетвердым голосом и, схватив мальчика под мышки, положила его на изголовье.

В это мгновение Федя неистово вскрикнул: он увидал входящего бледного, босого Сергея.

Катерина Львовна захватила своею ладонью раскрытый в ужасе рот испуганного ребенка и крикнула:

— А ну скорее; держи ровно, чтоб не бился!

Сергей взял Федю за ноги и за руки, а Катерина Львовна одним движением закрыла детское личико страдальца большою пуховою подушкою и сама навалилась на нее своей крепкой, упругой грудью.

Минуты четыре в комнате было могильное молчание.

— Кончился,— прошептала Катерина Львовна и только что привстала, чтобы привесть все в порядок, как стены тихого дома, сокрывшего столько преступлений, затряслись от оглушительных ударов: окна дребезжали, полы качались, цепочки висячих лампад вздрагивали и блуждали по стенам фантастическими тенями.

Сергей задрожал и со всех ног бросился бежать; Катерина Львовна кинулась за ним, а шум и гам за ними. Казалось, какие-то неземные силы колыхали грешный дом до основания.

Катерина Львовна боялась, чтобы, гонимый страхом, Сергей не выбежал на двор и не выдал себя своим перепугом; но он кинулся прямо на вышку.

Взбежавши на лестницу, Сергей в темноте треснулся лбом о полупритворенную дверь и со стоном полетел вниз, совершенно обезумев от суеверного страха.

— Зиновий Борисыч, Зиновий Борисыч!— бормотал он, летя вниз головою по лестнице и увлекая за собою сбитую им с ног Катерину Львовну.

— Где?— спросила она.

— Вот над нами с железным листом пролетел. Вот, вот опять! ай, ай!— закричал Сергей,— гремит, опять гремит.

Теперь было очень ясно, что множество рук стучат во все окна с улицы, а кто-то ломится в двери.

— Дурак! вставай, дурак!— крикнула Катерина Львовна и с этими словами она сама порхнула к Феде, уложила его мертвую голову в самой естественной спящей позе на подушках и твердой рукой отперла двери, в которые ломилась куча народа.

Зрелище было страшное. Катерина Львовна глянула повыше толпы, осаждающей крыльцо, а чрез высокий забор целыми рядами перелезают на двор незнакомые люди, и на улице стон стоит от людского говора.

Не успела Катерина Львовна ничего сообразить, как народ, окружающий крыльцо, смял ее и бросил в покои.

## ГЛАВА ДВЕНАДЦАТАЯ

А вся эта тревога произошла вот каким образом: народу на всенощной под двунадесятый праздник во всех церквах хоть и уездного, но довольно большого и промышленного города, где жила Катерина Львовна, бывает видимо-невидимо, а уж в той церкви, где завтра престол, даже и в ограде яблоку упасть негде. Тут обыкновенно поют певчие, собранные из купеческих молодцов и управляемые особым регентом тоже из любителей вокального искусства.

Наш народ набожный, к церкви Божией рачительный и по всему этому народ в свою меру художественный: благолепие церковное и стройное «органистое» пение составляют для него одно из самых высоких и самых чистых его наслаждений. Где поют певчие, там у нас собирается чуть не половина города, особенно торговая молодежь: приказчики, мальчики, молодцы, мастеровые с фабрик, с заводов и сами хозяева с своими половинами,— все собьются в одну церковь; каждому хочется хоть на паперти постоять, хоть под окном на пеклом жару или на трескучем морозе послушать, как органит октава, а заносистый тенор отливает самые капризные варшлаки.[3]

В приходской церкви Измайловского дома был престол в честь введения во храм Пресвятыя Богородицы, и потому вечером под день этого праздника, в самое время описанного происшествия с Федей, молодежь целого города была в этой церкви и, расходясь шумною толпою, толковала о достоинствах известного тенора и случайных неловкостях столь же известного баса.

Но не всех занимали эти вокальные вопросы: были в толпе люди, интересовавшиеся и другими вопросами.

— А вот, ребята, чудно тоже про молодую Измайлиху сказывают,— заговорил, подходя к дому Измайловых, молодой машинист, привезенный одним купцом из Петербурга на свою паровую мельницу,— сказывают,— говорил он,— будто у нее с ихним приказчиком Сережкой по всякую минуту амуры идут...

— Это уж всем известно,— отвечал тулуп, крытый синей нанкой.— Ее нонче и в церкви, знать, не было.

— Что церковь? Столь скверная бабенка испаскудилась, что уж ни Бога, ни совести, ни глаз людских не боится.

— А ишь, у них вот светится,— заметил машинист, указывая на светлую полоску между ставнями.

— Глянь-ка в щелочку, что там делают?— цыкнули несколько голосов.

Машинист оперся на двое товарищеских плеч и только что приложил глаз к ставенному створу, как

---

3 В Орловской губернии певчие так называют форшляги. *(Прим. автора.)*

благим матом крикнул:

— Братцы мои, голубчики! душат кого-то здесь, душат!

И машинист отчаянно заколотил руками в ставню. Человек десять последовали его примеру и, вскочив к окнам, тоже заработали кулаками.

Толпа увеличивалась каждое мгновение, и произошла известная нам осада измайловского дома.

— Видел сам, собственными моими глазами видел,— свидетельствовал над мертвым Федею машинист,— младенец лежал повержен на ложе, а они вдвоем душили его.

Сергея взяли в часть в тот же вечер, а Катерину Львовну отвели в ее верхнюю комнату и приставили к ней двух часовых.

В доме Измайловых был нестерпимый холод: печи не топились, дверь на пяди не стояла: одна густая толпа любопытного народа сменяла другую. Все ходили смотреть на лежащего в гробу Федю и на другой большой гроб, плотно закрытый по крыше широкою пеленою. На лбу у Феди лежал белый атласный венчик, которым был закрыт красный рубец, оставшийся после вскрытия черепа. Судебно-медицинским вскрытием было обнаружено, что Федя умер от удушения, и приведенный к его трупу Сергей, при первых же словах священника о страшном суде и наказании нераскаянным, расплакался и чистосердечно сознался не токмо в убийстве Феди, но и попросил откопать зарытого им без погребения Зиновия Борисыча. Труп мужа Катерины Львовны, зарытый в сухом песке, еще не совершенно разложился: его вынули и уложили в большой гроб. Своею участницею в обоих этих преступлениях Сергей назвал, к всеобщему ужасу, молодую хозяйку. Катерина Львовна на все вопросы отвечала только: «я ничего этого не знаю и не ведаю». Сергея заставили уличать ее на очной ставке. Выслушав его признания, Катерина Львовна посмотрела на него с немым изумлением, но без гнева, и потом равнодушно сказала:

— Если ему охота была это сказывать, так мне запираться нечего: я убила.

— Для чего же?— спрашивали ее.

— Для него,— отвечала она, показав на повесившего голову Сергея.

Преступников рассадили в остроге, и ужасное дело, обратившее на себя всеобщее внимание и негодование, было решено очень скоро. В конце февраля Сергею и купеческой третьей гильдии вдове Катерине Львовне объявили в уголовной палате, что их решено наказать плетьми на торговой площади своего города и сослать потом обоих в каторжную работу. В начале марта, в холодное морозное утро, палач отсчитал положенное число сине-багровых рубцов на обнаженной белой спине Катерины Львовны, а потом отбил порцию и на плечах Сергея и заштемпелевал его красивое лицо тремя каторжными знаками.

Во все это время Сергей почему-то возбуждал гораздо более общего сочувствия, чем Катерина Львовна. Измазанный и окровавленный, он падал, сходя с черного эшафота, а Катерина Львовна сошла тихо, стараясь только, чтобы толстая рубаха и грубая арестантская свита не прилегали к ее изорванной спине.

Даже в острожной больнице, когда ей там подали ее

ребенка, она только сказала: «Ну его совсем!» и, отворотясь к стене, без всякого стона, без всякой жалобы повалилась грудью на жесткую койку.

## ГЛАВА ТРИНАДЦАТАЯ

Партия, в которую попали Сергей и Катерина Львовна, выступала, когда весна значилась только по календарю, а солнышко еще по народной пословице «ярко светило, да не тепло грело».

Ребенка Катерины Львовны отдали на воспитание старушке, сестре Бориса Тимофеича, так как, считаясь законным сыном убитого мужа преступницы, младенец оставался единственным наследником всего теперь измайловского состояния. Катерина Львовна была этим очень довольна и отдала дитя весьма равнодушно. Любовь ее к отцу, как любовь многих слишком страстных женщин, не переходила никакою своею частию на ребенка.

Впрочем, для нее не существовало ни света, ни тьмы, ни худа, ни добра, ни скуки, ни радостей; она ничего не понимала, никого не любила и себя не любила. Она ждала с нетерпением только выступления партии в дорогу, где опять надеялась видеться с своим Сережечкой, а о дитяти забыла и думать.

Надежды Катерины Львовны ее не обманули: тяжело окованный цепями, клейменый Сергей вышел в одной с нею кучке за острожные ворота.

Ко всякому отвратительному положению человек по возможности привыкает и в каждом положении он сохраняет по возможности способность преследовать свои скудные радости; но Катерине Львовне не к чему было и приспосабливаться: она видит опять Сергея, а с ним ей и каторжный путь цветет счастием.

Мало вынесла с собою Катерина Львовна в пестрядинном мешке ценных вещей и еще того меньше наличных денег. Но и это все, еще далеко не доходя до Нижнего, раздала она этапным ундерам за возможность идти с Сергеем рядышком дорогой и постоять с ним обнявшись часок темной ночью в холодном закоулочке узенького этапного коридора.

Только штемпелеванный дружок Катерины Львовны стал что-то до нее очень неласков: что ей ни скажет, как оторвет; тайными свиданьями с ней, за которые та не евши и не пивши отдает самой ей нужный четвертачок из тощего кошелька, дорожит не очень и даже не раз говаривал:

— Ты замест того, чтоб углы-то в коридоре выходить со мной обтирать, мне бы эти деньги предоставила, что ундеру отдала.

— Четвертачок всего, Сереженька, я дала,— оправдывалась Катерина Львовна.

— А четвертачок неш не деньги? Много ты их на дороге-то наподнимала, этих четвертачков, а рассовала уж, чай, немало.

— За то же, Сережа, видались.

— Ну, легко ли, радость какая после этакой муки видаться-то! Жисть-то свою проклял бы, а не то что свидание.

— А мне, Сережа, все равно: мне лишь бы тебя видеть.

— Глупости все это,— отвечал Сергей.

Катерина Львовна иной раз до крови губы кусала при

таких ответах, а иной раз и на ее неплаксивых глазах слезы злобы и досады навертывались в темноте ночных свиданий; но все она терпела, все молчала и сама себя хотела обманывать.

Таким образом в этих новых друг к другу отношениях дошли они до Нижнего Новгорода. Здесь партия их соединилась с партиею, следовавшею в Сибирь с московского тракта.

В этой большой партии в числе множества всякого народа в женском отделении были два очень интересные лица: одна — солдатка Фиона из Ярославля, такая чудесная, роскошная женщина, высокого роста, с густою черною косою и томными карими глазами, как таинственной фатой завешенными пустыми ресницами; а другая — семнадцатилетняя востролиценькая блондиночка с нежно-розовой кожей, крошечным ротиком, ямочками на свежих щечках и золотисто-русыми кудрями, капризно выбегавшими на лоб из-под арестантской пестрядинной повязки. Девочку эту в партии звали Сонеткой.

Красавица Фиона была нрава мягкого и ленивого. В своей партии ее все знали, и никто из мужчин особенно не радовался, достигая у нее успеха, и никто не огорчался, видя, как она тем же самым успехом дарила другого искателя.

— Тетка Фиона у нас баба добреющая, никому от нее обиды нет,— говорили шутя арестанты в один голос.

Но Сонетка была совсем в другом роде.

Об этой говорили:

— Вьюн: около рук вьется, а в руки не дается.

Сонетка имела вкус, блюла выбор и даже, может быть, очень строгий выбор; она хотела, чтобы страсть приносили ей не в виде сыроежки, а под пикантною, пряною приправою, с страданиями и с жертвами; а Фиона была русская простота, которой даже лень оказать кому-нибудь: «прочь поди» и которая знает только одно, что она баба. Такие женщины очень высоко ценятся в разбойничьих шайках, арестантских партиях и петербургских социально-демократических коммунах.

Появление этих двух женщин в одной соединенной партии с Сергеем и Катериной Львовной имело для последней трагическое значение.

## ГЛАВА ЧЕТЫРНАДЦАТАЯ

С первых же дней вместного следования соединенной партии от Нижнего к Казани Сергей стал видимым образом заискивать расположения солдатки Фионы и не пострадал безуспешно. Томная красавица Фиона не истомила Сергея, как не томила она по своей доброте никого. На третьем или четвертом этапе Катерина Львовна с ранних сумерек устроила себе, посредством подкупа, свидание с Сережечкой и лежит не спит: все ждет, что вот-вот взойдет дежурный ундерок, тихонько толкнет ее и шепнет: «беги скорей». Отворилась дверь раз, и какая-то женщина юркнула в коридор; отворилась и еще раз дверь, и еще с нар скоро вскочила и тоже исчезла за провожатым другая арестантка; наконец дернули за свиту, которая была покрыта Катерина Львовна. Молодая женщина быстро поднялась с облошенных арестантскими боками нар, накинула свиту на плечи и толкнула стоящего перед нею провожатого.

Когда Катерина Львовна проходила по коридору, только в одном месте, слабо освещенном слепою плошкою, она наткнулась на две или три пары, не дававшие ничем себя заметить издали. При проходе Катерины Львовны мимо мужской арестантской, сквозь окошечко, прорезанное в двери, ей послышался сдержанный хохот.

— Ишь жируют,— буркнул провожатый Катерины Львовны и, придержав ее за плечи, ткнул в уголочек и удалился.

Катерина Львовна нащупала рукой свиту и бороду; другая ее рука коснулась жаркого женского лица.

— Кто это?— спросил вполголоса Сергей.

— А ты чего тут? с кем ты это?

Катерина Львовна дернула впотьмах повязку с своей соперницы. Та скользнула в сторону, бросилась и, споткнувшись на кого-то в коридоре, полетела.

Из мужской камеры раздался дружный хохот.

— Злодей!— прошептала Катерина Львовна и ударила Сергея по лицу концами платка, сорванного с головы его новой подруги.

Сергей поднял было руку; но Катерина Львовна легко промелькнула по коридору и взялась за свои двери. Хохот из мужской комнаты вслед ей повторился до того громко, что часовой, апатично стоявший против плошки и плевавший себе в носок сапога, приподнял голову и рыкнул:

— Цыц!

Катерина Львовна улеглась молча и так пролежала до утра. Она хотела себе сказать: «не люблю ж его», и чувствовала, что любила его еще горячее, еще больше. И вот в глазах ее все рисуется, все рисуется, как ладонь его дрожала *у той* под ее головою, как другая рука его обнимала ее жаркие плечи.

Бедная женщина заплакала и звала мимовольно ту же ладонь, чтобы она была в эту минуту под ее головою и чтоб другая его же рука обняла ее истерически дрожавшие плечи.

— Ну, одначе, дай же ты мне мою повязку,— побудила ее утром солдатка Фиона.

— А, так это ты?..

— Отдай, пожалуйста?

— А ты зачем разлучаешь?

— Да чем же я вас разлучаю? Неш это какая любовь или интерес в самом деле, чтоб сердиться?

Катерина Львовна секунду подумала, потом вынула из-под подушки сорванную ночью повязку и, бросив ее Фионе, повернулась к стенке.

Ей стало легче.

— Тьпфу,— сказала она себе,— неужели ж таки к этой лоханке крашеной я ревновать стану? Сгинь она! Мне и применять-то себя к ней скверно.

— А ты, Катерина Ильвовна, вот что,— говорил, идучи назавтра дорогою, Сергей,— ты, пожалуйста, разумей, что один раз я тебе не Зиновий Борисыч, а другое, что и ты теперь не велика купчиха: так ты не пышись, сделай милость. Козьи рога у нас в торг нейдут.

Катерина Львовна ничего на это не отвечала, и с неделю она шла, с Сергеем ни словом, ни взглядом не обменявшись. Как обиженная, она все-таки выдерживала характер и не хотела сделать первого шага к примирению в этой первой ее ссоре с Сергеем.

Между тем этой порою, как Катерина Львовна на Сергея сердилась, Сергей стал чепуриться и заигрывать с беленькой Сонеткой. То раскланивается ей «с нашим особенным», то улыбается, то, как встретится, норовит обнять да прижать ее. Катерина Львовна все это видит, и только пуще у нее сердце кипит.

«Уж помириться бы мне с ним, что ли?» — рассуждает, спотыкаясь и земли под собою не видя, Катерина Львовна.

Но подойти же первой помириться теперь еще более, чем когда-либо, гордость не позволяет. А тем временем Сергей все неотступнее вяжется за Сонеткой, и уж всем сдается, что недоступная Сонетка, которая все вьюном вилась, а в руки не давалась, что-то вдруг будто ручнеть стала.

— Вот ты на меня плакалась,— сказала как-то Катерине Львовне Фиона,— а я что тебе сделала? Мой случай был, да и прошел, а ты вот за Сонеткой-то глядела б.

«Пропади она, эта моя гордость: непременно нонче же помирюсь»,— решила Катерина Львовна, размышляя уж только об одном, как бы только ловчей взяться за это примирение.

Из этого затруднительного положения ее вывел сам Сергей.

— Ильвовна!— позвал он ее на привале.— Выдь ты нонче ко мне на минуточку ночью: дело есть.

Катерина Львовна промолчала.

— Что ж, может, сердишься еще — не выйдешь?

Катерина Львовна опять ничего не ответила.

Но Сергей, да и все, кто наблюдал за Катериной Львовной, видели, что, подходя к этапному дому, она все стала жаться к старшему ундеру и сунула ему семнадцать копеек, собранных от мирского подаяния.

— Как только соберу, я вам додам гривну,— упрашивала Катерина Львовна.

Ундер спрятал за обшлаг деньги и сказал:

— Ладно.

Сергей, когда кончились эти переговоры, крякнул и подмигнул Сонетке.

— Ах ты, Катерина Ильвовна!— говорил он, обнимая ее при входе на ступени этапного дома.— Супротив этой женщины, ребята, в целом свете другой такой нет.

Катерина Львовна и краснела и задыхалась от счастья.

Чуть ночью тихонько приотворилась дверь, она так и выскочила: дрожит и ищет руками Сергея по темному коридору.

— Катя моя!— произнес, обняв ее, Сергей.

— Ах ты, злодей ты мой!— сквозь слезы отвечала Катерина Львовна и прильнула к нему губами.

Часовой ходил по коридору, и, останавливаясь, плевал на свои сапоги, и ходил снова, за дверями усталые арестанты храпели, мышь грызла перо, под печью, взапуски друг перед другом, заливались сверчки, а Катерина Львовна все еще блаженствовала.

Но устали восторги, и слышна неизбежная проза.

— Смерть больно: от самой от щиколотки до самого колена кости так и гудут,— жаловался Сергей, сидя с Катериной Львовной на полу в углу коридора.

— Что же делать-то, Сережечка?— расспрашивала она, ютясь под полу его свиты.

— Нешто только в лазарет в Казани попрошусь?

— Ох, чтой-то ты, Сережа?

— А что ж, когда смерть моя больно.

— Как же ты останешься, а меня погонят?

— А что ж делать? трет, так, я тебе говорю, трет, что как в кость вся цепь не въедается. Разве когда б шерстяные чулки, что ли, поддеть еще,— проговорил Сергей спустя минуту.

— Чулки? у меня еще есть, Сережа, новые чулки.

— Ну, на что!— отвечал Сергей.

Катерина Львовна, ни слова не говоря более, юркнула в камеру, растормошила на нарах свою сумочку и опять торопливо выскочила к Сергею с парою толстых синих болховских шерстяных чулок с яркими стрелками сбоку.

— Эдак теперь ничего будет,— произнес Сергей, прощаясь с Катериной Львовной и принимая ее последние чулки.

Катерина Львовна, счастливая, вернулась на свои нары и крепко заснула.

Она не слыхала, как после ее прихода в коридор выходила Сонетка и как тихо она возвратилась оттуда уже перед самым утром.

Это случилось всего за два перехода до Казани.

## ГЛАВА ПЯТНАДЦАТАЯ

Холодный, ненастный день с порывистым ветром и дождем, перемешанным со снегом, неприветно встретил партию, выступавшую за ворота душного этапа. Катерина Львовна вышла довольно бодро, но только что стала в ряд, как вся затряслась и позеленела. В глазах у нее стало темно; все суставы ее заныли и расслабели. Перед Катериной Львовной стояла Сонетка в хорошо знакомых той синих шерстяных чулках с яркими стрелками.

Катерина Львовна двинулась в путь совсем неживая; только глаза ее страшно смотрели на Сергея и с него не смаргивали.

На первом привале она спокойно подошла к Сергею, прошептала «подлец» и неожиданно плюнула ему прямо в глаза.

Сергей хотел на нее броситься; но его удержали.

— Погоди ж ты!— произнес он и обтерся.

— Ничего, однако, отважно она с тобой поступает,— трунили над Сергеем арестанты, и особенно веселым хохотом заливалась Сонетка.

Эта интрижка, на которую сдалась Сонетка, шла совсем в ее вкусе.

— Ну, это ж тебе так не пройдет,— грозился Катерине Львовне Сергей.

Умаявшись непогодью и переходом, Катерина Львовна с разбитою душой тревожно спала ночью на нарах в очередном этапном доме и не слыхала, как в женскую казарму вошли два человека.

С приходом их с нар приподнялась Сонетка, молча

показала она вошедшим рукою на Катерину Львовну, опять легла и закуталась своею свитою.

В это же мгновение свита Катерины Львовны взлетела ей на голову, и по ее спине, закрытой одною суровою рубашкою, загулял во всю мужичью мочь толстый конец вдвое свитой веревки.

Катерина Львовна вскрикнула; но голоса ее не было слышно из-под свиты, окутывающей ее голову. Она рванулась, но тоже без успеха: на плечах ее сидел здоровый арестант и крепко держал ее руки.

— Пятьдесят,— сосчитал, наконец, один голос, в котором никому не трудно было узнать голос Сергея, и ночные посетители разом исчезли за дверью.

Катерина Львовна раскутала голову и вскочила: ни кого не было; только невдалеке кто-то злорадно хихикал под свитою. Катерина Львовна узнала хохот Сонетки.

Обиде этой уже не было меры; не было меры и чувству злобы, закипевшей в это мгновение в душе Катерины Львовны. Она без памяти ринулась вперед и без памяти упала на грудь подхватившей ее Фионы.

На этой полной груди, еще так недавно тешившей сластью разврата неверного любовника Катерины Львовны, она теперь выплакивала нестерпимое свое горе и, как дитя к матери, прижималась к своей глупой и рыхлой сопернице. Они были теперь равны: они обе были сравнены в цене и обе брошены.

Они равны!.. подвластная первому случаю Фиона и совершающая драму любви Катерина Львовна!

Катерине Львовне, впрочем, было уже ничто не обидно. Выплакав свои слезы, она окаменела и с деревянным спокойствием собиралась выходить на перекличку.

Барабан бьет: тах-тарарах-тах; на двор вываливают скованные и нескованные арестантики, и Сергей, и Фиона, и Сонетка, и Катерина Львовна, и раскольник, скованный с жидом, и поляк на одной цепи с татарином.

Все скучились, потом выравнялись кое в какой порядок и пошли.

Безотраднейшая картина: горсть людей, оторванных от света и лишенных всякой тени надежд на лучшее будущее, тонет в холодной черной грязи грунтовой дороги. Кругом все до ужаса безобразно: бесконечная грязь, серое небо, обезлиственные, мокрые ракиты и в растопыренных их сучьях нахохлившаяся ворона. Ветер то стонет, то злится, то воет и ревет.

В этих адских, душу раздирающих звуках, которые довершают весь ужас картины, звучат советы жены библейского Иова: «Прокляни день твоего рождения и умри».

Кто не хочет вслушиваться в эти слова, кого мысль о смерти и в этом печальном положении не льстит, а пугает, тому надо стараться заглушить эти воющие голоса чем-нибудь еще более их безобразным. Это прекрасно понимает простой человек: он спускает тогда на волю всю свою звериную простоту, начинает глупить, издеваться над собою, над людьми, над чувством. Не особенно нежный и без того, он становится зол сугубо.

———————

— Что, купчиха? Все ли ваше степенство в добром здоровье?— нагло спросил Катерину Львовну Сергей, чуть только партия потеряла за мокрым пригорком деревню, где ночевала.

С этими словами он, сейчас же обратись к Сонетке, покрыл ее своею полою и запел высоким фальцетом:

За окном в тени мелькает русая головка.
Ты не спишь, мое мученье, ты не спишь, плутовка.
Я полой тебя прикрою, так что не заметят.[4]


При этих словах Сергей обнял Сонетку и громко поцеловал ее при всей партии...

Катерина Львовна все это видела и не видала: она шла совсем уж неживым человеком. Ее стали поталкивать и показывать ей, как Сергей безобразничает с Сонеткой. Она стала предметом насмешек.

— Не троньте ее,— заступалась Фиона, когда кто-нибудь из партии пробовал подсмеяться над спотыкающеюся Катериной Львовною.— Нешто не видите, черти, что женщина больна совсем?

— Должно, ножки промочила,— острил молодой арестант.

— Известно, купеческого роду: воспитания нежного, — отозвался Сергей.

— Разумеется, если бы им хотя чулочки бы теплые: оно бы ничего еще,— продолжал он.

Катерина Львовна словно проснулась.

---

4  и т. п.— из стихотворения Полонского «Вызов»; в подлиннике — не «полой», а «плащом».

— Змей подлый!— произнесла она, не стерпев,— насмехайся, подлец, насмехайся!

— Нет, я это совсем, купчиха, не в насмешку, а что вот Сонетка чулки больно гожие продает, так я только думал: не купит ли, мол, наша купчиха.

Многие засмеялись. Катерина Львовна шагала, как заведенный автомат.

Погода все разыгрывалась. Из серых облаков, покрывавших небо, стал падать мокрыми хлопьями снег, который, едва касаясь земли, таял и увеличивал невылазную грязь. Наконец показывается темная свинцовая полоса; другого края ее не рассмотришь. Эта полоса — Волга. Над Волгой ходит крепковатый ветер и водит взад и вперед медленно приподнимающиеся широкопастые темные волны.

Партия промокших и продрогнувших арестантов медленно подошла к перевозу и остановилась, ожидая парома.

Подошел весь мокрый, темный паром; команда начала размещать арестантов.

— На этом пароме, сказывают, кто-то водку держит,— заметил какой-то арестант, когда осыпаемый хлопьями мокрого снега паром отчалил от берега и закачался на валах расходившейся реки.

— Да, теперь ба точно безделицу пропустить ничего, — отзывался Сергей и, преследуя для Сонеткиной потехи Катерину Львовну, произнес: — Купчиха, а ну-ко по старой дружбе угости водочкой. Не скупись. Вспомни, моя разлюбезная, нашу прежнюю любовь, как мы с тобой, моя радость, погуливали, осенние долги ночи просиживали, твоих родных без попов и без дьяков на вечный спокой спроваживали.

Катерина Львовна вся дрожала от холода. Кроме холода, пронизывающего ее под измокшим платьем до самых костей, в организме Катерины Львовны происходило еще нечто другое. Голова ее горела как в огне; зрачки глаз были расширены, оживлены блудящим острым блеском и неподвижно вперены в ходящие волны.

— Ну а водочки и я б уж выпила: мочи нет холодно,— прозвенела Сонетка.

— Купчиха, да угости, что ль!— мозолил Сергей.

— Эх ты, совесть!— выговорила Фиона, качая с упреком головою.

— Не к чести твоей совсем это,— поддержал солдатку арестантик Гордюшка.

— Хушь бы ты не против самой ее, так против других за нее посовестился,

— Ну ты, мирская табакерка!— крикнул на Фиону Сергей.— Тоже — совеститься! Что мне тут еще совеститься! я ее, может, и никогда не любил, а теперь… да мне вот стоптанный Сонеткин башмак милее ее рожи, кошки эдакой ободранной: так что ж ты мне против этого говорить можешь? Пусть вон Гордюшку косоротого любит; а то… — он оглянулся на едущего верхом сморчка в бурке и в военной фуражке с кокардой и добавил: — а то вон еще лучше к этапному пусть поластится: у него под буркой по крайности дождем не пробирает.

— И все б офицершей звать стали,— прозвенела Сонетка.

— Да как же!.. и на чулочки-то б шутя бы достала,—

поддержал Сергей.

Катерина Львовна за себя не заступалась: она все пристальнее смотрела в волны и шевелила губами. Промежду гнусных речей Сергея гул и стон слышались ей из раскрывающихся и хлопающих валов. И вот вдруг из одного переломившегося вала показывается ей синяя голова Бориса Тимофеича, из другого выглянул и закачался муж, обнявшись с поникшим головкой Федей. Катерина Львовна хочет припомнить молитву и шевелит губами, а губы ее шепчут: «как мы с тобой погуливали, осенние долги ночи просиживали, лютой смертью с бела света людей спроваживали».

Катерина Львовна дрожала. Блудящий взор ее сосредоточивался и становился диким. Руки раз и два неведомо куда протянулись в пространство и снова упали. Еще минуту — и она вдруг вся закачалась, не сводя глаз с темной волны, нагнулась, схватила Сонетку за ноги и одним махом перекинулась с нею за борт парома.

Все окаменели от изумления. Катерина Львовна показалась на верху волны и опять нырнула; другая волна вынесла Сонетку.

— Багор! бросай багор!— закричали на пароме.

Тяжелый багор на длинной веревке взвился и упал в воду. Сонетки опять не стало видно. Через две секунды, быстро уносимая течением от парома, она снова вскинула руками; но в это же время из другой волны почти по пояс поднялась над водою Катерина Львовна, бросилась на Сонетку, как сильная щука на мягкоперую плотицу, и обе более уже не показались.

# Запечатленный ангел

## 1

Дело было о святках[1], накануне Васильева вечера[2]. Погода разгулялась самая немилостивая. Жесточайшая поземная пурга, из тех, какими бывают славны зимы на степном Заволжье, загнала множество людей в одинокий постоялый двор, стоящий бобылем среди гладкой и необозримой степи. Тут очутились в одной куче дворяне, купцы и крестьяне, русские, и мордва, и чуваши. Соблюдать чины и ранги на таком ночлеге было невозможно: куда ни повернись, везде теснота, одни сушатся, другие греются, третьи ищут хотя маленького местечка, где бы приютиться; по темной, низкой, переполненной народом избе стоит духота и густой пар от мокрого платья. Свободного места нигде не видно: на полатях, на печке, на лавках и даже на грязном земляном полу, - везде лежат люди. Хозяин, суровый мужик, не рад был ни гостям, ни наживе. Сердито захлопнув ворота за последними добившимися на двор санями, на которых приехали два купца, он запер двор на замок и, повесив ключ под божницею, твердо молвил:

- Ну, теперь кто хочешь, хоть головой в ворота бейся, не отворю.

Но едва он успел это выговорить, сняв с себя обширный овчинный тулуп, перекрестился древним большим крестом[3] и приготовился лезть на жаркую печку, как кто-то робкою рукой застучал в стекло.

- Кто там? - окликнул громким и недовольным голосом хозяин.

- Мы, - ответили глухо из-за окна.

- Ну-у, а чего еще надо?

---

1 Святки - период от рождества (25 декабря) до крещенья.
2 День святого Василия - 1 января.
3 Т.е. не тремя, а двумя пальцами, как старовер.

- Пусти, Христа ради, сбились... обмерзли.

- А много ли вас?

- Не много, не много, восемнадцатеро всего, восемнадцатеро, - говорил за окном, заикаясь и щелкая зубами, очевидно совсем перезябший человек.

- Некуда мне вас пустить, вся изба и так народом укладена.

- Пусти хоть малость обогреться!

- А кто же вы такие?

- Извозчики.

- Порожнем или с возами?

- С возами, родной, шкурье везем.

- Шкурье! шкурье везете, да в избу ночевать проситесь. Ну люди на Руси настают! Пошли прочь!

- А что же им делать? - спросил проезжий, лежавший под медвежьей шубой на верхней лавке.

- Валить шкурье да спать под ним, вот что им делать, - отвечал хозяин и, ругнув еще хорошенько извозчиков, лег недвижимо на печь.

Проезжий из-под медвежьей шубы в тоне весьма энергического протеста выговаривал хозяину на жестокость, но тот не удостоил его замечания ни малейшим ответом. Зато вместо его откликнулся из дальнего угла небольшой рыженький человечек с острою, клином, бородкой.

- Не осуждайте, милостивый государь, хозяина, - заговорил он, - он это с практики берет и внушает правильно - со шкурьем безопасно.

- Да? - отозвался вопросительно проезжий из-под медвежьей шубы.

- Совершенно безопасно-с, и для них это лучше, что он их не пускает.

- Это почему?

- А потому, что они теперь из этого полезную практику для себя получили, а между тем если еще кто беспомощный добьется сюда, ему местечко будет.

- А кого теперь еще понесет черт? - молвила шуба.

- А ты слушай, - отозвался хозяин, - ты не болтай пустых слов. Разве супостат может сюда кого-нибудь прислать, где этакая святыня? Разве ты не видишь, что тут и Спасова икона и богородичный лик.

- Это верно, - поддержал рыженький человечек. - Всякого спасенного человека не ефиоп ведет, а ангел руководствует.

- А вот я этого не видал, и как мне здесь очень скверно, то и не хочу верить, что меня сюда завел мой ангел, - отвечала словоохотливая шуба.

Хозяин только сердито сплюнул, а рыжачок добродушно молвил, что ангельский путь не всякому зрим и об этом только настоящий практик может получить понятие.

- Вы об этом говорите так, как будто сами вы имели такую практику, проговорила шуба.

- Да-с, ее и имел.

- Что же это: вы видели, что ли, ангела, и он вас водил?

- Да-с, я его и видел, и он меня руководствовал.

- Что вы, шутите или смеетесь?

- Боже меня сохрани таким делом шутить!

- Так что же вы такое именно видели: как вам ангел являлся?

- Это, милостивый государь, целая большая история.

- А знаете ли, что тут уснуть решительно невозможно, и вы бы отлично сделали, если бы теперь рассказали нам эту историю.

- Извольте-с.

- Так рассказывайте, пожалуйста: мы вас слушаем. Но только что же вам там на коленях стоять, вы идите сюда к нам, авось как-нибудь потеснимся и усядемся вместе.

- Нет-с, на этом благодарю-с! Зачем вас стеснять, да и к тому же повесть, которую я пред вами поведу, пристойнее на коленях стоя сказывать, потому что это дело весьма священное и даже страшное.

- Ну как хотите, только скорее сказывайте: как вы могли видеть ангела и что он вам сделал?

- Извольте-с, я начинаю.

## 2

- Я, как несомненно можете по мне видеть, человек совсем незначительный, я более ничего, как мужик, и воспитание свое получил по состоянию, самое деревенское. Я не здешний, а дальний, рукомеслом я каменщик, а рожден в старой русской вере. По сиротству моему я сызмальства пошел со своими земляками в отходные работы и работал в разных местах, но все при одной артели, у нашего же крестьянина Луки Кирилова. Этот Лука Кирилов жив по сии дни: он у нас самый первый рядчик. Хозяйство у него было стародавнее, еще от отцов заведено, и он его не расточил, а приумножил и создал себе житницу велику и обильну, но был и есть человек прекрасный и не обидчик. И уж зато куда-куда мы с ним не ходили? Кажется, всю Россию изошли, и нигде я лучше и степеннее его хозяина не видал. И жили мы при нем в самой тихой патриархии, он у нас был и рядчик, и по промыслу, и по вере наставник. Путь свой на работах мы проходили с ним точно иудеи в своих странствиях пустынных с Моисеем, даже скинию[4] свою при себе имели и никогда с нею не расставались: то есть имели при себе свое "божие благословение". Лука Кирилов страстно любил иконописную святыню, и были у него, милостивые

---

4 Скиния (греч.) - переносная церковь.

государи, иконы все самые пречудные, письма самого искусного, древнего, либо настоящего греческого, либо первых новгородских или строгановских изографов[5]. Икона против иконы лучше сияли не столько окладами, как остротою и плавностью предивного художества. Такой возвышенности я уже после нигде не видел!

И что были за во имя разные и Деисусы[6], и нерукотворенный Спас с омоченными власы, и преподобные, и мученики, и апостолы, а всего дивнее многоличные иконы одеяниями, каковые, например: Индикт[7], праздники, Страшный суд, Святцы, Соборы, Отечество[8], Шестоднев, Целебник[9], Седмица с предстоящими; Троица с Авраамлиим поклонением у дуба Мамврийского[10], и, одним словом, всего этого благолепия не изрещи, и таких икон нынче уже нигде не напишут, ни в Москве, ни в Петербурге, ни в Палихове; а о Греции и говорить нечего, так как там эта наука давно затеряна. Любили мы все эту свою святыню страстною любовью, и сообща пред нею святой елей теплили, и на артельный счет лошадь содержали и особую повозку, на которой

---

5 Новгородская иконописная школа (XIV-XV вв.) и продолжавшая ее традиции строгановская характеризовались мелким письмом по золоту.

6 Деисус - трехличная икона - Богоматери, Спасителя и Иоанна Предтечи.

7 Индикт - церковное исчисление времени, при котором мерой отсчета был пятнадцатилетний период. Началом отсчета было 1 сентября. Здесь посвященная этому дню многоличная икона.

8 Святцы - месяцеслов с перечнем святых; здесь двенадцать икон с изображением святых, чтимых в каждом месяце. Собор - икона с изображением архангелов Михаила или Гавриила, держащих икону младенца - Христа (Эммануила). Отечество - икона с изображением бога Саваофа с младенцем Христом на руках в окружении архангелов.

9 Шестоднев - икона с шестью сюжетными изображениями, к каждому дню недели. Целебники - иконы с изображением святых, избавлявших от болезней.

10 Сюжет иконы, на которой изображены три святых в гостях у Авраама.

везли это божие благословение в двух больших коробьях всюду, куда сами шли. Особенно же были при нас две иконы, одна с греческих переводов старых московских царских мастеров: пресвятая владычица в саду молится, а пред ней все древеса кипарисы и олинфы[11] до земли преклоняются, а другая ангел-хранитель, Строганова дела. Изрещи нельзя, что это было за искусство в сих обеих святынях! Глянешь на владычицу, как пред ее чистотою бездушные древеса преклонились, сердце тает и трепещет; глянешь на ангела... радость! Сей ангел воистину был что-то неописуемое. Лик у него, как сейчас вижу, самый светлобожественный и этакий скоропомощный; взор умилен; ушки с тороцами[12], в знак повсеместного отвсюду слышания; одеянье горит, рясны[13] златыми преиспещрено; доспех пернат[14], рамена препоясаны; на персях младенческий лик Эмануплев; в правой руке крест, в левой огнепалящий меч. Дивно! дивно!.. Власы на головке кудреваты и русы, с ушей повились и проведены волосок к волоску иголочкой. Крылья же пространны и белы как снег, а испод лазурь светлая, перо к перу, и в каждой бородке пера усик к усику. Глянешь на эти крылья, и где твой весь страх денется: молишься "осени", и сейчас весь стишаешь, и в душе станет мир. Вот это была какая икона! И были-с эти два образа для нас все равно что для жидов их святая святых, чудным Веселиила[15] художеством изукрашенная. Все те иконы, о которых я вперед сказал, мы в особой коробье на коне возили, а эти две даже и на воз не поставляли, а носили: владычицу завсегда при себе Луки Кирилова хозяйка Михайлица, а ангелово изображение сам Лука на своей груди сохранял. Был у него такой для сей иконы

---

11 Олинфы - оливковые деревья.

12 Тороцы (тороки) - ток божественного или ангельского слуха, изображаемый на иконах в виде струи или лучей.

13 Рясно - ожерелье или подвески.

14 Пернат (пернач) - булава с перистым набалдашником.

15 Веселиил - согласно Библии, основатель храма, построенного евреями в пустыне после их ухода из Египта.

сделан парчовый кошель на темной пестряди и с пуговицей, а на передней стороне алый крест из настоящего штофу, а вверху пришит толстый зеленый шелковый шнур, чтобы вокруг шеи обвесть. И так икона в сем содержании у Луки на груди всюду, куда мы шли, впереди нас предходила, точно сам ангел нам предшествовал. Идем, бывало, с места на место, на новую работу степями, Лука Кирилов впереди всех нарезным сажнем вместо палочки помахивает, за ним на возу Михайлица с богородичною иконой, а за ними мы все артелью выступаем, а тут в поле травы, цветы по лугам, инде стада пасутся, и свирец на свирели и играет... то есть просто сердцу и уму восхищение! все шло нам прекрасно, и дивная была нам в каждом деле удача: работы всегда находились хорошие; промежду собою у нас было согласие; от домашних приходили все вести спокойные; и за все это благословляли мы предходящего нам ангела, и с пречудною его иконою, кажется, труднее бы чем с жизнию своею не могли расстаться.

Да и можно ли было думать, что мы как-нибудь, по какому ни есть случаю, сей нашей драгоценнейшей самой святыни лишимся? А между тем такое горе нас ожидало, и устроилось нам, как мы после только уразумели, не людским коварством, а самого оного путеводителя нашего смотрением. Сам он возжелал себе оскорбления, дабы дать нам свято постичь скорбь и тою указать нам истинный путь, пред которым все, до сего часа исхоженные нами, пути были что дебрь темная и бесследная. Но позвольте узнать: занятна ли моя повесть и не напрасно ли я ею ваше внимание утруждаю?

- Нет, как же, как же: сделайте милость, продолжайте! - воскликнули мы, заинтересованные этим рассказом.

- Извольте-с, послушествую вам и, как сумею, начну излагать бывшие с нами дивные дивеса от ангела.

3

- Пришли мы для больших работ под большой город, на

большой текучей воде, на Днепре-реке, чтобы тут большой и ныне весьма славный каменный мост строить. Город стоит на правом, крутом берегу, а мы стали на левом, на луговом, на отложистом, и объявился пред нами весь чудный пеозаж: древние храмы, монастыри святые со многими святых мощами; сады густые и дерева таковые, как по старым книгам в заставках пишутся, то есть островерхие тополи. Глядишь на все это, а самого за сердце словно кто щипать станет, так прекрасно! Знаете, конечно, мы люди простые, но преизящество богозданной природы все же ощущаем.

И вот-с это место нам так жестоко полюбилось, что мы в тот же самый в первый день начали тут постройку себе временного жилища, сначала забили высоконькие сваечки, потому что место тут было низменное; возле самой воды, потом на тех сваях стали собирать горницу, и при ней чулан. В горнице поставили всю свою святыню, как надо, по отеческому закону: в протяженность одной стены складной иконостас раскинули в три пояса, первый поклонный для больших икон, а выше два тябла[16] для меньшеньких, и так возвели, как должно, лествицу[17] до самого распятия, а ангела на аналогии[18] положили, на котором Лука Кирилов писание читал. Сам же Лука Кирилов с Михайлицей стали в чуланчике жить, а мы себе рядом казаромку огородили. На нас глядючи, то же самое начали себе строить и другие, которые пришли надолго работать, и вот стал у нас против великого основательного города свой легкий городок на сваях. Занялись мы работой, и пошло все как надо! деньги за расчет у англичан в конторе верные; здоровье бог посылал такое, что во все лето ни одного больного не было, а Лукина Михайлица даже стала жаловаться, что сама, говорит, я не рада, какая у меня по всем частям полнота пошла. Особенно же нам, староверам, тут

---

16 Тябло - киот, полочка, ярус иконостаса.

17 Лествица - лестница.

18 Аналогий (аналой) - высокий церковный столик для чтения стоя.

нравилось, что мы в тогдашнее время повсюду за свой обряд гонению подвергались, а тут нам была льгота: нет здесь ни городского начальства, ни уездного, ни попа; никого не зрим, и никто нашей религии не касается и не препятствует... Вволю молились: отработаем свои часы и соберемся в горницу, а тут уже вся святыня от многих лампад так сияет, что даже сердце разгорается. Лука Кирилов положит благословящий начал[19]; а мы все подхватим, да так и славим, что даже иной раз при тихой погоде далеко за слободою слышно. И никому наша вера не мешала, а даже как будто еще многим по обычаю приходила и нравилась не только одним простым людям, которые к богочтительству по русскому образцу склонны, но и иноверам. Много из церковных, которые благочестивого нрава, а в церковь за реку ездить некогда, бывало, станут у нас под окнами и слушают и молиться начнут. Мы им этого снаружи не возбраняли: всех отогнать нельзя, потому даже и иностранцы, которые старым русским обрядом интересовались, не раз приходили наше пение слушать и одобряли. Главный строитель из англичан, Яков Яковлевич, тот, бывало, даже с бумажкой под окном стоять приходил и все норовил, чтобы на ноту наше гласование замечать, и потом, бывало, ходит по работам, а сам все про себя в нашем роде гудет: "Бо-господь и явися нам", но только все это у него, разумеется, выходило на другой штыль, потому что этого пения, расположенного по крюкам[20], новою западною нотою в совершенстве уловить невозможно. Англичане, чести им приписать, сами люди обстоятельные и набожные, и они нас очень любили и за хороших людей почитали и хвалили. Одним словом, привел нас господень ангел в доброе место и открыл нам все сердца людей и весь пеозаж природы.

И сему-то подобным мирственным духом, как я вам представил, жили мы без малого яко три года. Спорилося

---

19 Начал - молитва раскольников.

20 Старинный способ обозначения нот, без линеек.

нам все, изливались на нас все успехи точно из Амалфеева рога[21], как вдруг узрели мы, что есть посреди нас два сосуда избрания божия к нашему наказанию. Один из таковых был ковач Марой, а другой счетчик Пимен Иванов. Марой был совсем простец, даже неграмотный, что по старообрядчеству даже редкость, но он был человек особенный: видом неуклюж, наподобие вельблуда, и недрист как кабан - одна пазуха в полтора обхвата, а лоб весь заросший крутою космой и точно мраволев[22] старый, а середь головы на маковке гуменцо [23] простригал. Речь он имел тупую и невразумительную, все шавкал губами, и ум у него был тугой и для всего столь нескладный, что он даже заучить на память молитв не умел, а только все, бывало, одно какое-нибудь слово твердисловит, но был на предбудущее прозорлив, и имел дар вещевать, и мог сбывчивые намеки подавать. Пимен же, напротив того, был человек щеповатый[24]: любил держать себя очень форсисто и говорил с таким хитрым извитием слов, что удивляться надо было его речи; но зато характер имел легкий и увлекательный. Марой был пожилой человек, за семьдесят лет, а Пимен средовек и изящен: имел волосы курчавые, посредине пробор; брови кохловатые, лицо с подрумяночкой, словом, велиар[25]. Вот в сих двух сосудах и забродила вдруг оцетность[26] терпкого пития, которое надлежало нам испить.

## 4

- Мост, который мы строили на восьми гранитных быках, уже высоко над водой возрос, и в лето четвертого года мы

---

21 Амалфеев рог - рог изобилия.

22 Мраволев - фантастическое животное, смешение муравья со львом (по "Физиологу").

23 Гуменцо (гуменце) - темя, выстригаемое при посвящении церковнослужителей.

24 Щеповатый (щапливый) - нарядный, щегольской.

25 Велиар (библейск.) - темная, мрачная сила.

26 Оцет (польск.) - уксус.

стали на те столбы железные цепи закладывать. Только тут было вышла маленькая задержка: стали мы разбирать эти звенья и пригонять по меркам к каждой лунке стальные заклепы, как оказалось, что многие болты длинны и отсекать их надо, а каждый тот болт, - по-аглицки штанга стальная, и деланы они все в Англии, - отлит из крепчайшей стали и толщины в руку рослого человека. Нагревать этих болтов было нельзя, потому что тем сталь отпускается, а пилить ее никакой инструмент не брал: но на все на это наш Марой, ковач, изымел вдруг такое средство, что облепит это место, где надо отсечь, густою колоникой[27] из тележного колеса с песковым жвиром[28], да и сунет всю эту штуку в снег, и еще вокруг солью осыпет, и вертит и крутит; а потом оттуда ее сразу выхватит, да на горячее ковало, и как треснет балдой, так, как восковую свечу, будто ножницами и отстрижет. Англичане все и немцы приходили на это хитрое Мароево умудренье смотрели, и глядят, глядят, да вдруг рассмеются и заговорят сначала промеж себя по-своему, а потом на нашем языке скажут:

"Так, русс! Твой молодец; твой карош физик понимай!"

А какой там "физик" мог понимать Марой: он о науке никакого и понятия не имел, а произвел просто как его господь умудрил. А наш Пимен Иванов и пошел об этом бахвалить. Значит, и пошло в обе стороны худо: одни все причитали к науке, о которой тот наш Марой и помыслу не знал, а другие заговорили, что над нами-де видимая божия благодать творит дивеса, каких мы никогда и не зрели. И эта последняя вещь была для нас горше первыя. Я вам докладывал, что Пимен Иванов был слабый человек и любосластец, а теперь объясню, зачем мы его, однако, в своей артели содержали; он у нас ездил в город за провизией, закупал какие надо покупки; мы его посылали на почту паспорты и деньги ко дворам отправлять, и назад новые паспорты он отбирал. Вообще, вот всю

---

27 Колоника - загустевший на осях телеги деготь.

28 Жвир (польск.) - крупный песок.

этакую справу чинил, и, по правде сказать, был он нам человек в этом роде нужный и даже очень полезный. Настоящий степенный старовер, разумеется, всегда подобной суеты чуждается и от общения с чиновниками бежит, ибо от них мы, кроме досаждения, ничего не видели, но Пимен рад суете, и у него на том берегу в городе завелось самое изобильное знакомство: и торговцы, и господа, до которых ему по артельным делам бывали касательства, все его знали и почитали его за первого у нас человека. Мы этому случаю, разумеется, посмеивались, а он страсть как был охоч с господами чаи пить да велеречить: те его нашим старшиною величают, а он только улыбается да по нутру свою бороду расстилает. Одним словом сказать, пустоша! И занесло этого нашего Пимена к одному немаловажному лицу, у которого была жена из наших мест родом, такая была тоже словесница, и начиталась она про нас каких-то новых книг, в которых неизвестно нам, что про нас писано, и вдруг, не знаю с чего-то, ей пришло на ум, что она очень староверов любит. Вот ведь удивительное дело: к чему она избралась сосудом! Ну любит нас и любит, и всегда как наш Пимен за чем к ее мужу придет, она его сейчас непременно сажает чай пить, а тот тому и рад, и разовьет пред ней свои свитки.

Та своим бабьим языком суеречит, что вы-де староверцы и такие-то и вот этакие-то, святые, праведные, присноблаженные, а наш велиар очи разоце раскосит, головушку набок, бороду маслит, а голосом сластит:

- Как же, государыня. Мы-де отеческий закон блюдем, мы и такие-то, мы и вот этакие-то правила содержим и друг друга за чистотою обычая смотрим, и, словом, говорит ей все такое, что совсем к разговору с мирскою женщиной не принадлежащее. А меж тем та, представьте, интересуется.

"Я слыхала, - говорит, - что к вам божие благословение видимо, говорит, - проявляется".

А тот сейчас и подхватывает:

"Как же, - отвечает, - матушка, проявляется; весьма зримо проявляется".

"Видимо?"

"Видимо, - говорит, - государыня, видимо. Вот еще на сих днях наш один человек могучую сталь как паутину щипал".

Барынька так и всплеснула ручонками.

"Ах, - говорит, - как интересно! ах, я ужасно люблю чудеса и верю в них!. Знаете, - говорит, - прикажите вы, пожалуйста, своим староверам, чтоб они помолились, чтобы мне бог дочь дал. У меня есть два сына, но мне непременно хочется одну дочь. Можно это?".

"Можно-с, - отвечает Пимен, - отчего же-с; очень можно! Только, говорит, - в таковых случаях надо всегда, чтобы от вас жертвенный елей теплился".

Та с великим своим удовольствием дает ему на масло десять рублей, а он деньги в карман и говорит:

"Хорошо-с, будьте благонадежны, я повелю".

Нам об этом Пимен, разумеется, ничего не сказывает, а у барыни родится дочь.

Фу! та так и зашумела, еще после родов обмогнуться не успела, как зовет нашего пустошу и чествует его, словно бы он сам был тот чудотворец, а он и это приемлет. Вот ведь до чего осуетится человек, и омрачнеет ум его, и оледенеют чувства. Через год у госпожи опять до нашего бога просьба, чтобы муж ей дачу на лето нанял, - и опять все ей по ее желанию делается, а Пимену все на свещи да на елей жертвы, а он эти жертвы куда надо, на наш бок не переплавляя, пристраивает. И дивеса действительно деялись непонятные: был у этой госпожи старший сын в училище, и был он первый потаскун, и ленивый нетяг, и ничему не учился, но как пришло дело к экзамену, она шлет за Пименом и дает ему заказ помолиться, чтоб ее сына в другой класс перевели. Пимен говорит:

"Дело трудное; надо мне будет всех своих на всю ночь на молитву согнать и до утра со свещами вопиять".

А та ни за что не стоит; тридцать рублей ему вручила, только молитесь! И что же вы думаете? Выходит такое счастие этому ее блудяге-сыну, что переводят его в высший класс. Барыня мало от радости с ума не сошла, что за ласки такие наш бог ей делает! Заказ за заказом стала давать Пимену, и он ей уже выхлопотал у бога и здоровья, и наследство, и мужу чин большой, и орденов столько, что все на груди не вмещались, так один он в кармане, говорят, носил. Диво, да и только, а мы все ничего не знаем. Но настал час всему этому обличиться и примениться одним дивесам на другие.

## 5

- Замутилось что-то в одном жидовском городе той губернии по торговой части у жидов. Не скажу вам наверное, деньги ли они неправильные имели или какой беспошлинный торг производили, но только надо было это начальству раскрыть, а тут награда предвиделась велемощная. Вот барынька и шлет за нашим Пименом и говорит:

"Пимен Иванович, вот вам двадцать рублей на свечи и на масло; велите своим как можно усерднее молиться, чтобы в эту командировку моего мужа послали".

Тому какое горе! Он уже разохотился эту елейную подать-то собирать и отвечает:

"Хорошо, государыня, я повелю".

"Да чтоб они хорошенько, - говорит, - молились, потому мне это очень нужно!"

"Смеют ли же они, государыня, у меня плохо молиться, когда я приказываю, - заспокоил ее Пимен, - я их голодом запощу, пока не вымолят", - взял деньги да и был таков, а барину в ту же ночь желанное его супругою назначение сделано.

Ну уже тут ей так от этой благодати в лоб вступило, что она недовольна сделалась нашей молитвой, а возжелала непременно сама нашей святыне послословить.

Говорит она об этом Пимену, а он струсил, потому знал, что наши ее до своей святыни не допустят; но барыня не отстает.

"Я, - говорит, - как вы хотите, сегодня же пред вечером возьму-лодку и к вам с сыном приеду".

Пимен ее уговаривал, что лучше, говорит, мы сами помолитвим; у нас есть такой ангел-хранитель, вы ему на елей пожертвуйте, а мы ему супруга вашего и доверим сохранять.

"Ах, прекрасно, - отвечает, - прекрасно; я очень рада, что есть такой ангел; вот ему на масло, и зажгите пред ним непременно три лампады, а я приеду посмотреть".

Пимену плохо пристигло, он и пришел, да и ну нам виноватиться, что так-де и так, я, говорит, ей, еллинке гадостной, не перечил, когда она желала, потому как муж ее нам человек нужный, и насказал нам с три короба, а всего, что он делал, все-таки не высловил. Ну, сколь нам было это ни неприятно, но делать было нечего; мы поскорее свои иконы со стен поснимали да попрятали в коробьи, а из коробей кое-какие заменные заставки[29], что содержали страха ради чиновничьего нашествия, в тяблы поставили и ждем гостейку. Она и приехала; такая-то расфуфыренная, что страх; широкими да долгими своими ометами так и метет и все на те наши заменные образа в лорнетку смотрит и спрашивает: "Скажите, пожалуйста, который же тут чудотворный ангел?" Мы уже не знаем, как ее и отбить от такого разговора.

"У нас, - говорим, - такового ангела нет".

И как она ни добивалась и Пимену выговаривала, но мы ей ангела не показали и скорее ее чаем повели поить и какими имели закусками угощать.

---

29 Заставки - здесь: подставные иконы.

Страшно она нам не понравилась, и бог знает почему: вид у нее был какой-то оттолкновенный, даром что она будто красивою почиталась. Высокая, знаете, этакая цыбастая[30], тоненькая, как сойга[31], и бровеносная.

- Вам этакая красота не нравится? - перебила рассказчика медвежья шуба.

- Помилуйте, да что же в змиевидности может нравиться? - отвечал он.

- У вас, что же, почитается красотою, чтобы женщина на кочку была похожа?

- Кочку! - повторил, улыбнувшись и не обижаясь, рассказчик. - Для чего же вы так полагаете? У нас в русском настоящем понятии насчет женского сложения соблюдается свой тип, который, по-нашему, гораздо нынешнего легкомыслия соответственнее, а совсем не то, что кочка. Мы длинных цыбов, точно, не уважаем, а любим, чтобы женщина стояла не на долгих ножках, да на крепоньких, чтоб она не путалась, а как шарок всюду каталась и поспевала, а цыбастенькая побежит да спотыкнется. Змиевидная тонина у нас тоже не уважается, а требуется, чтобы женщина была из себя понедристее и с пазушкой, потому оно хотя это и не так фигурно, да зато материнство в ней обозначается, лобочки в нашей настоящей чисто русской женской породе хоть потельнее, помясистее, а зато в этом мягком добочке веселости и привета больше. То же и насчет носика: у наших носики не горбылем, а все будто пипочкой, но этакая пипочка, она, как вам угодно, в семейном быту гораздо благоуветливее, чем сухой, гордый нос. А особливо бровь, бровь в лице вид открывает, и потому надо, чтобы бровочки у женщины не супились, а были пооткрытнее, дужкою, ибо к таковой женщине и заговорить человеку повадливее, и совсем она иное на всякого, к дому располагающее впечатление имеет. Но нынешний вкус, разумеется, от этого доброго

---

30 Цыбастая - тонконогая.

31 Сойга (сайга) - степная коза.

типа отстал и одобряет в женском поле воздушную эфемерность, но только это совершенно напрасно. Однако позвольте, я вижу, мы уже не про то заговорили. Я лучше продолжать буду.

Наш Пимен, как суетившийся человек, видит, что мы, проводив гостью, стали на нее критику произносить, и говорит:

"Чего вы? она добрая".

А мы отвечаем: какая, мол, она добрая, когда у нее добра в обличье нет, но бог там с нею: какая она есть, такая и будь, мы уже рады были, что ее выпроводили, и взялись скорей ладаном курить, чтоб ее и духом у нас не пахло.

После сего мы вымели от гостюшкиных следков горенку; заменные образа опять на их место за перегородку в коробья уклали, а оттуда достали свои настоящие иконы; разместили их по тяблам, как было по-старому, покропили их святою водой; положили начал и пошли каждый куда ему следовало на ночной покой, но только бог весть отчего и зачем всем что-то в ту ночь не спалось, и было как будто жутко и неспокойно.

## 6

- Утром пошли мы все на работу и делаем свое дело, а Луки Кирилова нет. Это, судя по его аккуратности, было удивительно, но еще удивительнее мне показалось, что приходит он часу в восьмом весь бледный и расстроенный.

Зная, что он человек с обладанием и пустым скорбям не любил поддаваться, я и обратил на это внимание и спрашиваю: "Что такое с тобою, Лука Кирилов?" А он говорит: "После скажу".

Но я тогда, по молодости моей, страсть как был любопытен, и к тому же у меня вдруг откуда-то взялось предчувствие, что это что-нибудь недоброе по вере; а я веру чтил и невером никогда не был.

А потому не мог я этого долго терпеть и под каким ни есть предлогом покинул работу и побежал домой; думаю: пока никого дома нет, распытаю я что-нибудь у Михайлицы. Хоша ей Лука Кирилов и не открывался, но она его, при всей своей простоте, все-таки как-то проницала, а таиться от меня она не станет, потому что я был с детства сиротою и у них вместо сына возрос, и она мне была все равно как второродительница.

Вот-с я ударяюсь к ней, а она, гляжу, сидит на крылечке в старом шушуне наопашку, а сама вся как больная, печальная и этакая зеленоватая.

"Что вы, - говорю, - второродительница, на таком месте усевшись?"

А она отвечает:

"А где же мне, Марочка, притулиться?"

Меня зовут Марк Александров; но она, по своим материнским чувствам ко мне, Марочкой меня звала.

"Что это, думаю себе, она за пустяки такие мне говорит, что ей негде притулиться?"

"А зачем же, - говорю, - вы в чуланчике у себя не ляжете?"

"Нельзя, - говорит, - Марочка, там в большой горнице дед Марой молится".

"Ага! вот, - думаю, - так и есть, что что-нибудь по вере сталось", - а тетка Михайлица и начинает:

"Ты ведь, Марочка, небось ничего, дитя, не знаешь, что у нас тут в ночи сталось?"

"Нет, мол, второродительница, не знаю".

"Ах, страсти!"

"Расскажите же скорее, второродительница".

"Ах, не знаю как, можно ли это рассказать?"

"Отчего же, - говорю, - не скажете: разве я вам какой

чужой, а не вместо сына?"

"Знаю, родной мой, - отвечает, - что ты мне вместо сына, ну только я на себя не надеюсь, чтоб я могла тебе это как надо высловить, потому что глупа я и бесталанна, а вот погоди - дядя после шабаша придет, он тебе небось все расскажет".

Но я никак не мог, чтобы дождаться, и пристал к ней: скажи да скажи мне сейчас, в чем все происшествие.

А она, гляжу, все моргает, моргает глазами, и все у нее глаза делаются полны слез, и она их вдруг грудным платком обмахнула и тихо мне шепчет:

"У нас, дитя, сею ночью ангел-хранитель сошел".

Меня от всего этого открытия в трепет бросило.

"Говорите, - прошу, - скорее: как это диво сталося и кто были оного дивозрители?"

А она отвечает:

"Дивеса, дитя, были непостижные, а дивозрителей никого, кроме меня, не было, потому что случилось все это в самый глухой полунощный час, и одна я не спала".

И рассказала она мне, милостивые государи, такую повесть:

"Уснув, - говорит, - помолившись, не помню я сколько спала, но только вдруг вижу во сне пожар, большой пожар: будто у нас все погорело, и река золу несет да в завертах около быков крутит и вглубь глотает, сосет". А самой насчет себя Михайлице кажется, будто она, выскочив в одной ветхой срачице, вся в дырьях, и стоит у самой воды, а против нее, на том берегу стремит высокий красный столб, а на том столбе небольшой белый петух и все крыльями машет. Михайлица будто и говорит: "Кто ты такой?" - потому что чувствиями ей далося знать, что эта птица что-то предвозвещает. А петелок этот вдруг будто человеческим голосом возгласил: "Аминь", - и сник, и его уже нет, а стала вокруг Михайлицы тишь и такое в воздухе тощение, что Михайлице страшно сделалось и продохнуть нечем, и она проснулась и лежит, а сама слышит, что под дверями у них барашек заблеял. И слышно ей по голосу, что это самый молодой барашек, с которого еще родимое руно не тронуто. Прозвенел он чистым серебряным голосочком "бя-я-я", и вдруг уже чует Михайлица, что он по молебной горнице ходит, копытками-то этак по половицам чок-чок-чок частенько перебирает и все будто кого ищет. Михайлица и рассуждает: "Господи Исусе Христе! что это такое: овец у нас во всей нашей пришлой слободе нет и ягниться нечему, а откуда же это молозиво к нам забежало?" И в ту пору стренулася: "Да и как, мол, он в избу попал? Ведь это, значит, мы во вчерашней суете забыли со двора двери запереть: слава богу, - думает, - что это еще агнец вскочил, а не пес со двора ко святыне забрался". Да и ну с этим Луку будить: "Кирилыч, кличет, - Кирилыч! Прокинься, голубчик, скорее, у нас дверь отворена, и какое-с молозиво в избу вскочило", - а Лука Кирилов, как на сей грех, мертвым сном объят спит. Как его Михайлица ни будит, никак не добудится: мычит он, а ничего не выслóвит. Что Михайлица еще жестче трясет и двизает, то он только громче мычит. Михайлица его и стала просить, что "ты, мол, имя-то Исусово вспомяни", но только что она сама это имя выговорила, как в горнице кто-то завизжит, а Лука в ту же минуту сорвался с кроватки и бросился было вперед, но его вдруг посреди горницы как будто медяна стена отшибла. "Дуй, баба, огонь! Дуй скорее огонь!" - кричит он Михайлице, а сам ни с места. Та запалила свечечку и выбегает, а он бледнолиц, как осужденный насмертник, и дрожит так, что не только гаплик[32] на шее ходит, а даже остегны[33] на ногах трясутся. Баба опять до него: "Кормилец, - говорит, - что это с тобой?" А он ей только показывает перстом, что там, где ангел был, пустое место, а сам ангел у Луки вскрай ног на полу лежит.

---

32 Гаплик - застежка.

33 Остегны - шаровары.

Лука Кирилов сейчас к деду Марою и говорит: так и так, вот что моя баба видела и что у нас сделалось, поди посмотри. Марой пришел и стал на коленях перед лежащим на полу ангелом и долго стоял над ним недвижимо, как измрамран нагробник, а потом, подняв руку, почесал остриженное гуменцо на маковке и тихо молвил:

"Принесите сюда двенадцать чистых плинф нового обожженного кирпича".

Лука Кирилов сейчас это принес, а Марой осмотрел плинфы и видит, что все они чисты, прямо из огненного горна, и велел Луке класть их одна на другую, и возвели они таким способом столб, накрыли его чистою ширинкой, вознесли на него икону, и потом Марой, положив земной поклон, возгласил:

"Ангел господень, да пролиются стопы твоя аможе хощеши!"

И только что он эти слова проговорил, как вдруг в двери стук-стук-стук, и незнакомый голос зовет:

"Эй вы, раскольники: кто у вас тут набольший?"

Лука Кирилов отворяет дверь и видит, стоит солдат с медалью.

Лука спрашивает: какого ему надо набольшего? А он отвечает:

"Того самого, - говорит, - что к барыне ходил, которого Пименом звать".

Ну, Лука сейчас бабу за Пименом послал, а сам спрашивает: что такое за дело? на что его в ночи по Пимена послали?

Солдат говорит:

"Доподлинно не знаю, а слышно, что-то там с барином жиды неловкое дело устроили".

А что такое именно, рассказать не может.

"Слыхал-де, - говорит, - как будто барин их запечатал, а они его запечатлели".

Но как это они друг друга запечатали, ничего вразумительно рассказать не может.

Тем временем подошел и Пимен, и сам, как жид, то туда, то сюда вертит глазами: видно, сам не знает, что сказать. А Лука говорит:

"Что же ты, шпилман[34] ты этакий, стал, ступай теперь производи свое шпилманство в окончание!"

Они вдвоем с солдатом сели в лодку и поехали.

Через час ворочается наш Пимен и ботвит[35] будто бодр, а видно, что ему жестоце не по себе.

Лука его и допрашивает:

"Говори, - говорит, - говори лучше, ветрогон, все по откровенности, что ты там такое наделал?"

А он говорит:

"Ничего".

Ну так и осталось будто ничего, а совсем было не ничего.

7

- С барином, за которого наш Пимен молитвовал, преудивительная штука совершилась. Он, как я вам докладывал, поехал в жидовский город и приехал туда поздно ночью, когда никто о нем не думал, да прямо все до одной лавки и опечатал, и дал знать полиции, что завтра утром с ревизией пойдет. Жиды это, разумеется, сейчас узнали и сейчас же ночью к нему, просить его, чтобы на сделку, знать, того незаконного товара у них пропасть было. Пришли они и суют этому барину сразу десять тысяч рублей. Он говорит: "Я не могу, я большой

---

34 Шпилман (нем.) - странствующий музыкант; здесь в ироническом смысле.

35 Ботвит - бодрится, чванится, бахвалится.

чиновник, доверием облечен и взяток не беру", - а жиды промеж себя гыр-гыр-гыр, да ему пятнадцать. Он опять: "Не могу!" - они двадцать. Он: "Что же вы, - говорит, - не понимаете, что ли, что _я не могу_, я уже полиции дал знать, чтобы завтра вместе идти ревизовать". А они опять гыр-гыр, да и говорят:

"Ази-язи, васе сиятельство, то зи ничего зи, что вы дали знать в полицию, мы вам вот даем зи двадцать пять тысяч, а вы зи только дайте нам до утра вашу печатку и ловитесь себе спокойно поцивать: нам ничего больше не нужно".

Барин подумал, подумал: хотя он и большим лицом себя почитал, а, видно, и у больших лиц сердце не камень, взял двадцать пять тысяч, а им дал свою печать, которою печатовал, и сам лег спать. Жидки, разумеется, ночью все, что надо было, из своих склепов повытаскали и опять их тою же самою печатью запечатали, и барин еще спит, а они уже у него в передней горгочат. Ну, он их впустил; они благодарят и говорят:

"А зи теперь зи, васе высокоблагородие, пожалуйте с ревизией".

Ну, а он этого как будто не слышит, а говорит:

"Давайте же скорее мою печать".

А жиды говорят:

"А давайте зи наши деньги".

Барин: "Что? как?" А те на своем стали.

"Мы зи, - говорят, - деньги под залог оставляли".

Тот опять:

"Как под залог?"

"А как зи, - говорят, - мы под залог".

"Врете, - говорит, - вы, подлецы этакие, христопродавцы, вы мне совсем те деньги отдали".

А они друг друга поталкивают и смеются.

"Герш-ту, - говорят, - слышь, мы будто совсем дали... Гм, гм! Ай-вай: рази мы мозем быть такие глупые и совсем как мужики без политику, чтобы такому большому лицу хабара давать?" ("Хабар" по-ихнему взятка).

Ну-с, чего лучше этой истории можете себе вообразить? Господину бы этому, разумеется, отдать деньги, да и дело с концом, а он еще покапризничал, потому что жаль расстаться. Наступило утро; вся торговля в городе заперта; люди ходят, дивуются; полиция требует печати, а жидки орут: "Ай-вай, ну что это такое за государственное правление! Это высокое начальство нас разорить желают". Гвалт ужасный! Барин запершись сидит и до обеда чуть ума не решился, а к вечеру зовет тех хитрых жидков и говорит: "Ну, берите, проклятые, свои деньги, только отдайте мне мою печать!" А те уже не хотят, говорят: "А зи как же это можно! Мы весь город целый день не торговали: теперь нам с вашего благородия надо пятьдесят тысяч". Видите, что пошло! А жидки грозят: "Если нынче, - говорят, - пятьдесят тысяч не дадите, завтра еще двадцатью пятью тысячами больше будет стоить!" Барин всю ночь не спал, а к утру опять шлет за жидами, и все им деньги, которые с них взял, назад им отдал, и еще на двадцать пять тысяч вексель написал, и прошел кое-как с ревизией; ничего, разумеется, не нашел, да поскорее назад, да к жене, и пред нею и рвет и мечет: где двадцать пять тысяч взять, чтоб у жидов вексель выкупить? "Нужно, - говорит, - твою приданую деревнишку продать", а та говорит: "Ни за что на свете: я к ней привязана". Он говорит: "Это ты виновата, ты мне эту посылку с какими-то раскольниками вымолила и уверяла, что их ангел мне поможет, а он между тем вот как мне славно помог". А она отвечает: "Что ты, - говорит, - сам виноват, зачем был глуп и тех жидов не арестовал да не объявил, что они у тебя печать украли, а между прочим, - говорит, - это ничего: ты только покоряйся мне, а уж я дело поправлю, и за твою нерассудительность другие заплатят". И вдруг, на кого там случилось, крикнулагаркнула: "Сейчас, живо, - говорит, - съездить за Днепр и привезть мне раскольницкого старосту". Ну, посол, разумеется, пошел и привез нашего Пимена, а барыня ему прямо без обинячки: "Послушайте, - говорит, - я знаю, что вы умный человек и поймете, что мне нужно: с моим мужем случилась маленькая неприятность, его одни мерзавцы ограбили... Жиды... понимаете, и нам теперь непременно на сих же днях надо иметь двадцать пять тысяч, и мне их так скоро достать ровно бы негде; но я пригласила вас и спокойна, потому что староверы люди умные и богатые и вам, как я сама уверилась, во всем сам бог помогает, то вы мне, пожалуйста, дайте двадцать пять тысяч, а я, с своей стороны, зато всем дамам буду говорить о ваших чудотворных иконах, и вы увидите, сколько вы станете получать на воск и на масло". Без труда, чай, можете себе, милостивые государи, представить, что наш шпилман при этаком обороте восчувствовал? Не знаю уж какими словами, но только, верю я ему, он начал горячо ротитися[36] и клятися, заверяя наше против такой суммы убожество, но она, эта обновленная Иродиада[37], и знать того не захотела. "Нет, да мне, - говорит, - хорошо известно, что раскольники богачи, и для вас двадцать пять тысяч это вздор. Моему отцу, когда он в Москве служил, староверы не один раз и не такие одолжения делали; а двадцать пять тысяч это пустяки". Пимен, разумеется, и тут попытался ей разъяснить, что то, мол, московские староверы, люди капитальные, а мы простые нИвари чернорабочие, где же нам против москвичей отмогуществовать. Но она имела в себе, верно, хорошее московское научение и вдруг его осадила: "Что вы, что вы, - говорит, - мне это рассказываете! Разве я не знаю, сколько у вас чудотворных икон, и вы же мне сами ведь говорили, сколько вам со всей России на воск и на масло

---

36 Ротитися - божиться.

37 Иродиада - по Евангелию, жена дяди своего, иудейского царя Филиппа, добившаяся смертной казни Иоанна Крестителя, который разоблачил ее преступную связь с братом Филиппа Иродом Антиппой.

присылают? Нет, я и слышать не хочу; чтобы сейчас мне были деньги, а то мой муж нынче же к губернатору поедет и все расскажет, как вы молитесь и соблазняете, и вам скверно будет". Бедный Пимен как с крыльца не свалился; пришел домой, как я вам докладывал, и только одно слово твердит: "ничего, - а сам весь красный, точно из бани, и все по углам ходил нос сморкал. Ну, Лука Кирилов его, наконец, малое дело немножечко допросился, только, разумеется, не все он ему открыл, а самую лишь ничтожность сущности обнаружил, как-то говорит: "с меня эта барыня требует, чтоб я у вас ей пять тысяч взаймы достал". Ну, Лука, разумеется, и за это на него расходился: "Ах ты, шпилман этакий, говорит, - шпилман; нужно было тебе с ними знаться да еще сюда их водить! Что мы, богачи, что ли, какие, чтоб у нас такие деньги могли в сборе быть? Да и за что мы должны их дать? Да и где они?.. Как это заделывал, так и разделывайся, а нам пяти тысяч взять негде". С этим Лука Кирилов пошел в свою сторону на работу и пришел, как я вам доложил, бледный, вроде осужденного пасмертника, потому что он, ночным событием искушенный, предвкушал, что это повлияет на нас неприятностью; а Пимен себе пошел в другую сторону. Все мы видели, как он из камышей в лодочке выплыл и на ту сторону в город переправился, и теперь, когда Михайлица все это мне по порядку рассказала, как он о пяти тысячах кучился[38], я и домекнул так, что, верно, он ударился ту барыню умилостивлять. В таком размышлении я стою возле Михайлицы да думаю, не может ли для нас из этого чего вредного воспоследовать и не надо ли против сего могущего произойти зла какие-либо меры принять, как вдруг вижу, что все это предприятие уже поздно, потому что к берегу привалила большая ладья, и я за самыми плечами у себя услыхал шум многих голосов и, обернувшись, увидал несколько человек разных чиновников, примундиренных всяким подобием, и с ними немалое число жандармов и солдат. И не успели мы с Михайлицей, милостивые

---

38 Кучился - умолял.

государи, глазом моргнуть, как все они мимо нас прямо в Лукину горницу повалили, а у двери двух часовых поставили с обнагощенными саблями. Михайлица стала на тех часовых метаться, не столько для того, чтоб ее пропустили, а чтобы пострадждовать; они ее, разумеется, стали отталкивать, а она еще ярее кидается, и дошло у них сражение до того, что один жандарм ее, наконец, больно зашиб, так что она с крыльца кубарем скатилась. А я ударился было за Лукою на мост, но гляжу, сам Лука уже навстречу мне бежит, а за ним вся наша артель, все вскрамолились, и кто с чем на работе был, кто с ломом, кто с мотыкою, все бегут свою святыню оберегать... Кои не все в лодку попали и не на чем им до бережка достигнуть, во всем платье, как стояли на работе, прямо с мосту в воду побросались и друг за дружкой в холодной волне плывут... Даже не поверите, ужасно стало, чем это кончится. Стражбы той приехало двадцать человек, и хотя все они в разных храбрых уборах, но наших более полусот, и все выспреннею горячею верой одушевленные, и все они плывут по воде как тюленьки, и хоть их колотушкою по башкам бей, а они на берег к своей святыне достигают, и вдруг, как были все мокренькие, и пошли вперед, что твое камение живо и несокрушимое.

8

- Теперь же вы извольте вспомнить, что когда мы с Михайлицей на крыльце разговаривали, в горнице находился на молитве дед Марой, и господа чиновники со сбирою своей там его застали. Он после и рассказывал, что как они вошли, сейчас дверь на захлопку и прямо кинулись к образам. Одни лампады гасят, а другие со стен рвут иконы да на полу накладывают, а на него кричат: "Ты поп?" Он говорит: "Нет, не поп". Они: "Кто же у вас поп?" А он отвечает: "У нас нет попа!" А они: "Как нет попа! Как ты смеешь это говорить, что нет попа!" Тут Марой стал им было объяснять, что мы попа не имеем, да как он говорил-то скверно, шавкавил, так они, не разобравши, в чем дело, да "связать, - говорят, - его, под арест!" Марой дался себя связать: хоша то ему ничего не стоило, что десятский солдат ему обрывочком руки опутал, но он стоит и, все это за веру приемля, смотрит, что далее будет. А чиновники тем временем зажгли свечи и ну иконы печатать: один печати накладывает, другие в описи пишут, а третьи буравами дыры сверлят, да на железный прут иконы как котелки[39] нанизывают. Марой на все на это святотатственное бесчиние смотрит и плещами не тряхнет, потому что, рассуждает, что так, вероятно, это богу изволися попустить такую дикость. Но в это-то время слышит дядя Марой, один жандарм вскрикнул, и за ним другой: дверь разлетелась, и тюленьки-то наши как вылезли из воды мокрые, так и прут в горницу. Да, по счастию их, впереди их очутился Лука Кирилов. Он сразу крикнул:

"Стой, Христов народушко, не дерзничайте! - а сам к чиновникам и, указывая на эти пронзенные прутом иконы, молвит: - Для чего же это вы, господа начальство, так святыню повреждаете? Если вы право имеете ее у нас отобрать, то мы власти не сопротивники - отбирайте; но для чего же редкое отеческое художество повреждать?"

А этой Пименовой знакомой барыньки муж, он тут главнее всех был, как крикнет на дядю Луку:

"Цыть, мерзавец! еще рассуждать смеешь!"

А Лука хоть и гордый был мужик, но смирил себя и тихо отвечает:

"Позвольте, ваше высокоблагородие, мы этот порядок знаем, у нас здесь в горнице есть полтораста икон, извольте вам по три рубля от иконы, и берите их, только предковского художества не повреждайте".

Барин оком сверкнул и громко крикнул:

"Прочь! - а шепотом шепнул: - Давай по сту рублей со штуки, иначе все выпеку".

Лука этакой силы денег дать и сообразить не мог и

---

39 Котелки - баранки.

говорит:

"Бог с вами, если так: губите все как хотите, а у нас таких денег нет".

А барин как завопиет излиха:

"Ах ты, козел бородатый, да как ты смел при нас о деньгах говорить?" и тут вдруг заметался, и все, что видел из божественных изображений, в скибы собрал, и на концы прутьев гайки навернули и припечатывали, чтобы, значит, ни снять, ни обменить было невозможно. И все уже это было собрано и готово, они стали совсем выходить: солдаты взяли набранные на болты скибы икон на плечи и понесли к лодкам, а Михайлица, которая тоже за народом в горницу пробралась, тем часом тихонько скрала с аналогия ангельскую икону и тащит ее под платком в чулан, да как руки-то у нее дрожат, она ее и выронила. Батюшки мои, как барин расходился, и звал нас и ворами-то и мошенниками, и говорит:

"Ага! вы, мошенники, хотели ее скрасть, чтоб она на болт не попала; ну так она же на него не попадет, а я ее вот как!" - да, накоптивши сургучную палку, прямо как ткнет кипящею смолой с огнем в самый ангельский лик!

Милостивые государи, вы на меня не посетуйте, что я и пробовать не могу описать вам, что тут произошло, когда барин излил кипящую смоляную струю на лик ангела и еще, жестокий человек, поднял икону, чтобы похвастать, как нашел досадить нам. Помню только, что пресветлый лик этот божественный был красен и запечатлен, а из-под печати олифа, которая под огневою смолой самую малость сверху растаяла, струила вниз двумя потоками, как кровь, в слезе растворенная...

Все мы ахнули и, закрыв руками глаза свои, пали ниц и застонали, как на пытке. И так мы развопились, что и темная ночь застала нас воющих и голосящих по своем запечатленном ангеле, и тут-то, в сей тьме и тишине, на разрушенной отчей святыне, пришла нам мысль: уследить, куда нашего хранителя денут, и поклялись мы скрасть его, хотя бы с опасностью жизни, и распечатлеть, а к исполнению сей решимости избрали меня да молодого паренька Левонтия. Этот Левонтий годами был еще сущий отрок, не более как семнадцати лет, но великотелесен, добр сердцем, богочтитель с детства своего и послушлив и благонравен, что твой ретив бел конь среброузден.

Лучшего сомудренника и содеятеля и желать нельзя было на такое опасное дело, как проследить и исхитить запечатленного ангела, ослепленное видение которого нам до немощи было непереносно.

9

- Не стану утруждать вас подробностями, как мы с моим сомудренником и содействителем, сквозь иглины уши лазучи, во все вникали, а буду прямо рассказывать о горести, которая овладела нами, когда мы узнали, что пробуравленные чиновниками иконы наши, как они были скибами на болты нанизаны, так их в консисторию в подвал и свалили, это уже дело пропащее и как в гроб погребенное, о них и думать было нечего. Приятно, однако, было то, что говорили, будто сам архиерей такой дикости сообразования не одобрил, а, напротив, сказал: "К чему это?" - и даже за старое художество заступился и сказал: "Это древнее, это надо беречь!" Но вот что худо было, что не прошла беда от непочтения, как новая, еще большая, от сего почитателя возросла: сам этот архиерей, надо полагать, с нехудым, а именно с добрым вниманием взял нашего запечатленного ангела и долго его рассматривал, а потом отвел в сторону взгляд и говорит: "Смятенный вид! Как ужасно его изнеявствили! Не кладите, - говорит, - сей иконы в подвал, а поставьте ее у меня в алтаре на окне за жертвенником". Так слуги архиереевы по его приказанию и исполнили, и я должен вам сказать, что такое внимание со стороны церковного иерарха нам было, с одной стороны, очень приятно, но с другой - мы видели, что всякое намерение наше выкрасть своего ангела стало невозможно. Оставалось другое средство: подкупить слуг архиереевых и с их помощью подменить икону иным в соответствие сей хитро написанным подобием. В этом тоже наши староверы не раз успевали, но для сего прежде всего нужен искусный и опытной руки изограф, который бы мог сделать на подмен икону в точности, а такового изографа мы в тех местах не предвидели. И напала на нас на всех с этих пор сугубая тоска, и пошла она по нас, как водный труд[40] по закожью: в горнице, где одни славословия слышались, стали раздаваться одни воплления, и в недолгом же времени все мы развоплились даже до немощи и земли под собой от полных слезами очей не видим, а чрез то или не через это, только пошла у нас болезнь глаз, и стала она весь народ перебирать. Просто чего никогда не было, то теперь сделалось: нет меры что больных! Во всем рабочем народе пошел толк, что все это неспроста, а за староверского ангела. "Его, - бают, запечатлением ослепили, а теперь все мы слепнем", - и таким толкованием не мы одни, а все и церковные люди вскрамолились, и сколько хозяева-англичане ни привозили докторов, никто к ним не идет и лекарства не берет, а вопят одно:

"Принесите нам сюда запечатленного ангела, мы ему молебствовать хотим, и один он нас исцелит".

Англичанин Яков Яковлевич, в это дело вникнув, сам поехал к архиерею и говорит:

"Так и так, ваше преосвященство, вера дело великое, и кто как верит, тому так по вере дается: отпустите к нам на тот берег запечатленного ангела".

Но владыко сего не послушал и сказал:

"Сему не должно потворствовать".

Тогда нам это слово казалось быть жестокое, и мы архипастыря много суесловно осуждали, но впоследствии открылось нам, что все это велося не жестокостью, а

---

40 Водный труд - водянка.

божиим смотрением.

Между тем знамения как бы не прекращались, и перст наказующий взыскал на том берегу самого главного всему этому делу виновника, самого Пимена, который после этой напасти от нас сбежал и вцерковился. Встречаю я его там один раз в городе, он мне и кланяется, ну и я ему поклонился. А он и говорит:

"Согрешил я, брат Марк, придя с вами в разнобытие потере".

А я отвечаю:

"Кому в какой вере быть - это дело божие, а что ты бедного за сапоги продал, это, разумеется, нехорошо, и прости меня, а я тебя в том, как Аммос-пророк[41] велит, братски обличаю".

Он при имени пророка так и задрожал.

"Не говори, - говорит, - мне про пророков: я сам помню Писание и чувствую, что "пророки мучат живущих на земле", и даже в том знамение имею", - и жалуется мне, что на днях он выкупался в реке и у него после того по всему телу пегота пошла, и расстегнул грудь да показывает, а на нем, и точно, пежинные пятна, как на пегом коне, с груди вверх на шею лезут.

Грешный человек, было у меня на уме сказать ему, что "бог шельму метит", но только сдавил я это слово в устах и молвил:

"Что же, молись, - говорю, - и радуйся, что еще на сей земле так отитлован, авось на другом предстоятии чист будешь".

Он мне стал плакаться, сколь этим несчастен и чего лишается, если пегота на лицо пойдет, потому что сам губернатор, видя Пимена, когда его к церкви присоединяли, будто много на его красоту радовался и

---

41 Аммос-пророк - библейский пророк, выступавший против израильских властителей.

сказал городскому голове, чтобы когда будут через город важные особы проезжать, то чтобы Пимена непременно вперед всех с серебряным блюдом выставлять. Ну, а пегого уж куда же выставить? Но, однако, что мне было эту его велиарскую суету и пустошество слушать, я завернулся да и ушел.

И с тем мы с ним расстались. На нем его титла все яснее обозначались, а у нас не умолкали другие знамения, в заключение коих, по осени, только что стал лед, как вдруг сделалась оттепель, весь этот лед разметало и пошло наши постройки коверкать, и до того шли вреда за вредами, что вдруг один гранитный бык подмыло, и пучина поглотила все возведение многих лет, стоившее многих тысяч...

Поразило это самих наших хозяев англичан, и было тут к их старшему Якову Яковлевичу от кого-то слово, что, дабы ото всего этого избавиться, надо нас, староверов, прогнать, но как он был человек благой души, то он этого слова не послушал, а, напротив, призвал меня и Луку Кирилова и говорит:

"Дайте мне, ребята, сами совет: не могу ли я чем-нибудь вам помочь и вас утешить?"

Но мы отвечали, что доколе священный для нас лик ангела, везде нам предходившего, находится в огнесмольном запечатлении, мы ничем не можем утешиться и истаеваем от жалости.

"Что же, - говорит, - вы думаете делать?"

"Думаем, мол, его со временем подменить и распечатлеть его чистый лик, безбожною чиновническою рукой опаленный".

"Да чем, - говорит, - он вам так дорог, и неужели другого такого же нельзя достать?"

"Дорог он, - отвечаем, - нам потому, что он нас хранил, а другого достать нельзя, потому что он писан в твердые времена благочестивою рукой и освящен древним иереем по полному требнику Петра Могилы[42], а ныне у нас ни иереев, ни того требника нет".

"А как, - говорит, - вы его распечатлеете, когда у него все лицо сургучом выжжено?"

"Ну, уж на этот счет, - отвечаем, - ваша милость не беспокойтесь: нам только бы его в свои руки достичь, а то он, наш хранитель, за себя постоит: он не торговых мастеров, а настоящего Строганова дела, а что строгановская, что костромская олифа так варены, что и огневого клейма не боятся и до нежных вап[43] смолы не допустят".

"Вы в этом уверены?"

"Уверены-с: эта олифа крепка, как сама старая русская вера".

Он тут ругнул кого знал, что этакого художества беречь не умеют, и руки нам подал, и еще раз сказал:

"Ну так не горюйте же: я вам помощник, и мы вашего ангела достанем. Надолго ли он вам нужен?"

"Нет, - говорим, - на небольшое время".

"Ну так я скажу, что хочу на вашего запечатленного ангела богатую золотую ризу сделать, и как мне его дадут, мы его тут и подменим. Я завтра же за это возьмусь".

Мы благодарим, но говорим:

"Только ни завтра, ни послезавтра за это, сударь, не беритесь".

Он говорит:

"Это почему так?"

А мы отвечаем:

---

42 Петр Могила (1596-1647) - киевский митрополит, издавший в 1646 году руководство к церковной службе (требник).

43 Вапа - краска.

"Потому, мол, сударь, что нам прежде всего надо иметь на подмен икону такую, чтоб она как две капли воды на настоящую походила, а таковых мастеров здесь нет да и нигде вблизи не отыщется".

"Пустяки, - говорит, - я сам из города художника привезу; он не только копии, а и портреты великолепно пишет".

"Нет-с, - отвечаем, - вы этого не извольте делать, потому что, во-первых, через этого светского художника может ненадлежащая молва пойти, а во-вторых, живописец такого дела исполнить не может".

Англичанин не верит, а я выступил и разъясняю ему всю разницу: что ноне, мол, у светских художников не то искусство: у них краски масляные, а там вапы на яйце растворенные и нежные, в живописи письмо мазаное, чтобы только на даль натурально показывало, а тут письмо плавкое и на самую близь явственно; да и светскому художнику, говорю, и в переводе самого рисунка не потрафить, потому что они изучены представлять то, что в теле земного, животолюбивого человека содержится, а в священной русской иконописи изображается тип лица небожительный, насчет коего материальный человек даже истового воображения иметь не может.

Он этим заинтересовался и спрашивает:

"А где же, - говорит, - есть такие мастера, что еще этот особенный тип понимают?"

"Очень, - докладываю, - они нынче редки (да и в то время они совсем жили под строгим сокрытием). Есть, - говорю, - в слободе Мстере[44] один мастер Хохлов, да уже он человек очень древних лет, его в дальний путь везти нельзя; а в Палихове есть два человека, так те тоже вряд ли поедут, да и к тому же, - говорю, - нам ни мстерские, ни палиховские мастера и не годятся".

---

44 Мстера (Мстёра) - поселок Владимирской области, древнейший центр русской миниатюрной живописи и иконописи.

"Это опять почему?" - пытает.

"А потому, - ответствую, - что у них пошиб не тот: у мстерских рисуночек головастенек и письмо мутно, а у палиховских тон бирюзист, все голубинкой отдает".

"Так как же, - говорит, - быть?"

"Сам, - говорю, - не знаю. Наслышан я, что есть еще в Москве хороший мастер Силачев: и он по всей России между нашими именит, но он больше к новгородским и к царским московским письмам потрафляет, а наша икона строгановского рисунка, самых светлых и рясных вап, так нам потрафить может один мастер Севастьян с понизовья, но он страстный странствователь: по всей России ходит, староверам починку работает, и где его искать неизвестно".

Англичанин с удовольствием все эти мои доклады выслушал и улыбнулся, а потом отвечает:

"Довольно дивные, - говорит, - вы люди, и как послушаешь вас, так даже приятно делается, как вы это все, что до вашей части касается, хорошо знаете и даже искусства можете постигать".

"Отчего же, - говорю, - сударь, искусства не постигать: это дело художество божественное, и у нас есть таковые любители из самых простых мужичков, что не только все школы, в чем, например, одна от другой отличаются в письмах: устюжские или новгородские, московские или вологодские, сибирские либо строгановские, а даже в одной и той же школе известных старых мастеров русских рукомесло одно от другого без ошибки отличают".

"Может ли, - говорит, - это быть?"

"Все равно, - отвечаю, - как вы одного человека от другого письменный почерк пера распознаете, так и они: сейчас взглянут и видят, кто изображал: Кузьма, Андрей или Прокофий".

"По каким приметам?"

"А есть, - говорю, - разница в приеме как перевода рисунка, так и в плави, в пробелах, лицевых движках и в оживке".

Он все слушает; а я ему рассказываю, что знал про ушаковское писание[45], и про рублевское, и про древнейшего русского художника Парамшина[46], коего рукомесла иконы наши благочестивые цари и князья в благословение детям дарствовали и в духовных своих наказывали им те иконы блюсти паче зеницы ока.

Англичанин сейчас выхватил свою записную книжку и спрашивает: повторить, как художника имя и где его работы можно видеть? А я отвечаю:

"Напрасно, сударь, станете отыскивать: нигде их памяти не осталось".

"Где же они делись?"

"А не знаю, - говорю, - на чубуки ли повертели или немцам на табак променяли".

"Это, - говорит, - быть не может".

"Напротив, - отвечаю, - вполне статочно и примеры тому есть: в Риме у папы в Ватикане створы стоят, что наши русские изографы, Андрей, Сергей да Никита, в тринадцатом веке писали[47]. Многоличная миниатюра сия, мол, столь удивительна, что даже, говорят, величайшие иностранные художники, глядя на нее, в восторг приходили от чудного дела".

"А как она в Рим попала?"

---

45 Ушаков Симон (Пимен) Федорович (1626-1686) - выдающийся русский художник и теоретик искусства, призывавший к "правдивому отображению земной красоты".

46 Парамшин - русский иконописец XIV века.

47 В дальнейшем было установлено, что эти так называемые "капонические створы" (по имени итальянского коллекционера Капони) написаны во второй половине XVII века. Не подтверждается и тот факт, что "створы" были подарены итальянцу самим Петром I, хотя несомненно, что они выполнены русскими мастерами.

"Петр Первый иностранному монаху подарил, а тот продал".

Англичанин улыбнулся и задумался и потом тихо молвит, что у них будто в Англии всякая картинка из рода в род сохраняется и тем сама явствует, кто от какого родословия происходит.

"Ну, а у нас, - говорю, - верно, другое образование, и с предковскими преданиями связь рассыпана, дабы все казалось обновленное, как будто и весь род русский только вчера наседка под крапивой вывела".

"А если таковая, - говорит, - ваша образованная невежественность, так отчего же в которых любовь к родному сохранилась, не позаботитесь поддержать своего природного художества?"

"Некем, - отвечаю, - нам его, милостивый государь, поддерживать, потому что в новых школах художества повсеместное растление чувства развито и суете ум повинуется. Высокого вдохновения тип утрачен, а все с земного взомлется и земною страстию дышит. Наши новейшие художники начали с того, что архистратига[48] Михаила с князя Потемкина Таврического[49] стали изображать, а теперь уже того достигают, что Христа Спаса жидовином пишут. Чего же еще от таких людей ожидать? Их необрезанные сердца, может быть, еще и не то изобразят и велят за божество почитать: в Египте же и быка, и лук красноперый богом чтили; но только уже мы богам чуждым не поклонимся и жидово лицо за Спасов лик не примем, а даже изображения эти, сколь бы они ни были искусны, за студодейное[50] невежество почитаем и отвращаемся от него, поелику есть отчее предание, что

---

48 Архистратиг - военачальник, главный воевода.

49 Князь Потемкин Таврический - Потемкин Г.А. (1739-1791) политический и государственный деятель при дворе Екатерины II. В 1783 году получил титул "Таврический" за присоединение к России Крыма.

50 Студодейный - непотребный.

развлечение очес разоряет чистоту разума, яко водомет поврежденный погубляет воду".

Я сим кончил и замолчал, а англичанин говорит:

"Продолжай: мне нравится, как ты рассуждаешь".

Я отвечаю:

"Я уже все кончил", - а он говорит:

"Нет, ты расскажи мне еще, что вы по своему понятию за вдохновенное изображение понимаете?"

Вопрос, милостивые государи, для простого человека довольно затруднительный, но я, нечего делать, начал и рассказал, как писано в Новегороде звездное небо, а потом стал излагать про киевское изображение в Софийском храме, где по сторонам бога Саваофа стоят седмь крылатых архистратигов, на Потемкина, разумеется, не похожих; а на порогах сени пророки и праотцы; ниже ступенью Моисей со скрижалию [51]; еще ниже Аарон в митре [52] и с жезлом прозябшим; на других ступенях царь Давид [53] в венце, Исайя-пророк с хартией, Иезекииль с затворенными вратами, Даниил [54] с камнем, и вокруг сих предстоятелей, указующих путь на небо, изображены дарования, коими сего славного пути человек достигать может, как-то: книга с семью печатями - дар премудрости, седмисвещный подсвечник - дар разума; седмь очес - дар совета; седмь трубных рогов - дар крепости; десная рука посреди седми звезд - дар видения; седмь курильниц - дар благочестия; седмь молоний - дар страха божия. "Вот, - говорю, - таковое изображение гореносно!"

---

51 Скрижаль - доска с заповедными письменами.

52 Митра - архимандритская и архиерейская шапка - при полном облачении.

53 Давид - царь израильский (X в. до н.э.).

54 Даниил - библейский пророк, предсказывавший падение Вавилона, приход мессии - освободителя народа иудейского из плена, восстановление Иерусалима и смерть Христа.

А англичанин отвечает:

"Прости меня, любезный: я тебя не понимаю, почему ты это почитаешь гореносным?"

"А потому, мол, что таковое изображение явственно душе говорит, что христианину надлежит молить и жаждать, дабы от земли к неизреченной славе бога вознестись".

"Да ведь это же, - говорит, - всякий из Писания и из молитв может уразуметь".

"Ну, никак нет, - ответствую. - Писание не всякому дано разуметь, а неразумевающему и в молитве бывает затмение: иной слышит глашение о "великия и богатыя милости" и сейчас полагает, что это о деньгах, и с алчностию кланяется. А когда он зрит пред собою изображенную небесную славу, то он помышляет вышний проспект жизненности и понимает, как надо этой цели достигать, потому что тут оно все просто и вразумительно: вымоли человек первое всего душе своей дар страха божия, она сейчас и пойдет облегченная со ступени на ступень, с каждым шагом усвояя себе преизбытки вышних даров, и в те поры человеку и деньги, и вся слава земная при молитве кажутся не иначе как мерзость пред господом".

Тут англичанин встает с места и весело говорит:

"А вы же, чудаки, чего себе молите?"

"Мы, - отвечаю, - молим христианския кончины живота и доброго ответа на Страшном судилище".

Он улыбнулся и вдруг дернул за золотистый шнурок зеленую занавесь, а за тою занавесью у него сидит в кресле его жена англичанка и пред свечою на длинных спицах вязанье делает. Она была прекрасная барыня, благоуветливая, и хотя не много по-нашему говорила, но все понимала, и, верно, хотелось ей наш разговор с ее мужем о религии слышать.

И что же вы думаете? Как отдернулась эта занавеса, что ее

скрывала, она сейчас встает, будто содрогаясь, и идет, милушка, ко мне с Лукою, обе ручки нам, мужикам, протягивает, а в глазах у нее блещут слезки, и жмет нам руки, а сама говорит:

"Добри люди, добри русски люди!"

Мы с Лукою за это ее доброе слово у нее обе ручки поцеловали, а она к нашим мужичьим головам свои губки приложила.

Рассказчик остановился и, закрыв рукавом глаза, тихонько отер их и молвил шепотом: "Трогательная женщина!" - и затем, оправясь, продолжал снова:

- По таким своим ласковым поступкам и начала она, эта англичанка, говорить что-то такое своему мужу по-ихнему, нам непонятно, но только слышно по голосу, что, верно, за нас просит. И англичанин - знать, приятна ему эта доброта в жене - глядит на нее, ажно весь гордостию сияет, и все жену по головке гладит, да этак, как голубь, гурчит по-своему: "гут, гут", или как там по-ихнему иначе говорится, но только видно, что он ее хвалит и в чем-то утверждает, и потом подошел к бюру, вынул две сотенных бумажки и говорит:

"Вот тебе, Лука, деньги: ступай ищи, где знаешь, какого вам нужно по вашей части искусного изографа, пусть он и вам что нужно сделает, и жене моей в вашем роде напишет - она хочет такую икону сыну дать, а на все хлопоты и расходы вот это вам моя жена деньги дает".

А она сквозь слез улыбается и частит:

"Ни-ни-ни: это он, а я особая", - да с этим словом порх за дверь и несет оттуда в руках третью сотенную.

"Муж, - говорит, - мне на платье дарил, а я платья не хочу, а вам жертвую".

Мы, разумеется, стали отказываться, но она о том и слышать не хочет и сама убежала, а он говорит:

"Нет, - говорит, - не смейте ей отказывать и берите, что

она дает, - и сам отвернулся и говорит: - и ступайте, чудаки, вон!"

Но мы этим изгнанием, разумеется, нимало не обиделись, потому что хоть он, этот англичанин, от нас отвернулся, но видели мы, что он это сделал ради того, дабы скрыть, что он сам растрогался.

Так-то нас, милостивые государи, свои притоманные[55] люди обессудили, а аглицкая национальность утешила и дала в душу рвение, как бы точно мы баню пакибытия[56] восприяли!

Теперь далее отсюда, милостивые государи, зачинается преполовение моей повести, и я вам вкратце изложу: как я, взяв своего среброуздого Левонтия, пошел по изографа, и какие мы места исходили, каких людей видели, какие новые дивеса нам объявились, и что, наконец, мы нашли, и что потеряли, и с чем возвратилися.

## 10

- В путь шествующему человеку первое дело сопутник; с умным и добрым товарищем и холод и голод легче, а мне это благо было даровано в том чудном отроке Левонтии. Мы с ним отправились пешком, имея при себе котомочки и достаточную сумму, а для охраны оной и своей жизни имели при себе старую короткую саблю с широким обушком, коя у нас всегда береглась для опасного случая. Совершали мы путь свой вроде торговых людей, где как попало вымышляя надобности, для коих будто бы следуем, а сами все, разумеется, высматривали свое дело. С самого первоначала мы побывали в Клинцах и в Злынке, потом наведались кое к кому из своих в Орле[57], но полезного результата себе никакого не получили: нигде хороших изографов не находили, и так достигли Москвы.

---

55Притоманный (диалект.) - сородич, близкий.

56 Пакибытие - духовное возрождение.

57 Клинцы, Злынка, Орел - центры старообрядчества.

Но что скажу: оле[58] тебе, Москва! оле тебе, древлего русского общества преславная царица! не были мы, старые верители, и тобою утешены.

Не охота бы говорить, а нельзя промолчать, не тот мы дух на Москве встретили, которого жаждали. Обрели мы, что старина тут стоит уже не на добротолюбии и благочестии, а на едином упрямстве, и, с каждым днем в сем все более и более убеждаясь, начали мы с Левонтием друг друга стыдиться, ибо видели оба то, что мирному последователю веры видеть оскорбительно: но, однако, сами себя стыдяся, мы о всем том друг другу молчали.

Изографы, разумеется, в Москве отыскались, и весьма искусные, но что в том пользы, когда все это люди не того духа, о каковом отеческие предания повествуют? Встарь благочестивые художники, принимаясь за священное художество, постились и молились и производили одинаково, что за большие деньги, что за малые, как того честь возвышенного дела требует. А эти каждый одному пишет рефтью, а другому нефтью[59], на краткое время, а не в долготу дней; грунта кладут меловые, слабые, а не лебастровые, и плавь леностно сразу наводят, не как встарь наводили до четырех и даже до пяти плавей жидкой, как вода, краскою, отчего получалась та дивная нежность, ныне недостижимая. И помимо неаккуратности в художестве, все они сами расслабевши, все друг пред другом величаются, а другого чтоб унизить ни во что вменяют; или еще того хуже, шайками совокупясь, сообща хитрейшие обманы делают, собираются по трактирам и тут вило пьют и свое художество хвалят с кичливою надменностью, а другого рукомесло богохульно называют "адописным", а вокруг их всегда, как воробьи за совами, старьевщики, что разную иконописную старину из рук в руки перепущают, меняют, подменивают, подделывают доски, в трубах коптят, утлизну в них делают и

---

58 Оле - увы.

59 Рефть - краска, смесь голубого и черного цветов. Нефть - белая краска, обычно смешивавшаяся с золотом.

червоточину; из меди разные створы по старому чеканному образцу отливают; амаль в ветхозаветном роде наводят; купели из тазов куют и на них старинные щипаные орлы, какие за Грозного времена были, выставляют и продают неопытным верителям за настоящую грозновскую купель, хотя тех купелей не счесть сколько по Руси ходит, и все это обман и ложь бессовестные. Словом сказать, все эти люди как черные цыгане лошадьми друг друга обманывают, так и они святынею, и все это при таком с оною обращении, что становится за них стыдно и видишь во всем этом один грех да соблазн и вере поношение. Кто привычку к сему бесстыдству усвоил, тому еще ничего, и из московских охотников многие этою нечестною меною даже интересуются и хвалятся: что-де тот-то того-то так вот Деисусом надул, а этот этого вон как Николою огрел, или каким подлым манером поддельную Владычицу еще подсунул: и все это им заростно, и друг пред другом один против другого лучше нарохтятся[60], как божьим благословением неопытных верителей морочить, но нам с Левой, как мы были простые деревенские богочтители, все это в той степени непереносно показалось, что мы оба даже заскучали и напал на нас страх.

"Неужто же, - думаем, - такова она к этому времени стала, наша злосчастная старая вера?" Но и я это думаю, и он, вижу, то же самое в скорбном сердце содержит, а друг другу того не открываем, а только замечаю я, что мой отрок все ищет уединенного места.

Вот я раз гляжу на него, а сам думаю: "Как бы он в смущении чего недолжного не надумал?" - да и говорю:

"Что ты, Левонтий, будто чем закручинился?"

А он отвечает:

"Нет, - говорит, - дядя, ничего: это я так".

"Пойдем же, мол, на Боженинову улицу в Эриванский

---

60 Нарохтиться - бахвалиться.

трактир изографов подговаривать. Ноне туда два обещали прийти и древних икон принести. Я уже одну выменял, хочу ноне еще одну достать".

А Левонтий отвечает:

"Нет, сходи ты, дядюшка, один, а я не пойду".

"Отчего же, - говорю, - ты не пойдешь?"

"А так, - отвечает, - мне ноне что-то не по себе".

Ну, я его раз не нужу и два не нужу, а на третий опять зову:

"Пойдем, Левонтьюшка, пойдем, молодчик".

А он умильно кланяется и просит:

"Нету, дядюшка, голубчик белый: поволь мне дома остаться".

"Да что же, мол, Лева, пошел ты мне в содеятели, а все дома да дома сидишь. Этак не велика мне, голубчик, от тебя помощь".

А он:

"Ну родненький, ну батечка, ну Марк Александрыч, государь, не зови меня туда, где едят да пьют и нескладные речи о святыне говорят, а то меня соблазн обдержать может".

Это его было первое сознательное слово о своих чувствах, и оно меня в самое сердце поразило, но я с ним не стал спорить, а пошел один, и имел я в этот вечер большой разговор с двумя изографами и получил от них ужасное огорчение. Сказать страшно, что они со мною сделали! Один мне икону променял за сорок рублей и ушел, а другой говорит:

"Ты гляди, человече, этой иконе не покланяйся".

Я говорю:

"Почему?"

А он отвечает:

"Потому что она адописная", - да с этим колупнул ногтем, а с уголка слой письма так и отскочил, и под ним на грунту чертик с хвостом нарисован! Он в другом месте сковырнул письмо, а там под низом опять чертик.

"Господи! - заплакал я, - да что же это такое?"

"А то, - говорит, - что ты не ему, а мне закажи".

И увидал уже я тут ясно, что они одна шайка и норовят со мною нехорошо поступить, не по чести, и, покинув им икону, ушел от них с полными слез глазами, славя бога, что не видал того мой Левонтий, вера которого находилась в борении. Но только подхожу домой, и вижу, в окнах нашей горенки, которую мы нанимали, свету нет, а между тем оттуда тонкое, нежное пение льется. Я сейчас узнал, что это поет приятный Левонтиев голос, и поет с таким чувством, что всякое слово будто в слезах купает. Вошел я тихонько, чтоб он не слыхал, стал у дверей и слушаю, как он Иосифов плач выводит:

Кому повем печаль мою,

Кого призову ко рыданию.

Стих этот, если его изволите знать, и без того столь жалостный, что его спокойно слушать невозможно, а Левонтий его поет да сам плачет и рыдает, что

Продаша мя мои братия!

И плачет, и плачет он, воспевая, как видит гроб своей матери, и зовет землю к воплению за братский грех!..

Слова эти всегда могут человека взволновать, а особенно меня в ту пору, как я только бежал от братогрызцев, они меня так растрогали, что я и сам захлипкал, а Левонтий, услыхав это, смолк и зовет меня:

"Дядя! а дядя!"

"Что, - говорю, - добрый молодец?"

"А знаешь ли ты, - говорит, - кто это наша мать, про которую тут поется?"

"Рахиль", - отвечаю.

"Нет, - говорит, - это в древности была Рахиль, а теперь это таинственно надо понимать".

"Как же, - спрашиваю, - таинственно?"

"А так, - отвечает, - что это слово с преобразованием сказано".

"Ты, - говорю, - смотри, дитя: не опасно ли ты умствуешь?"

"Нет, - отвечает, - я это в сердце моем чувствую, что крестует бо ся Спас нас ради того, что мы его едиными усты и единым сердцем не ищем".

Я еще пуще испугался, к чему он стремится, и говорю:

"Знаешь что, Левонтьюшко: пойдем-ко мы отсюда скорее из Москвы в нижегородские земли, изографа Севастьяна поищем, он ноне, я слышал, там ходит".

"Что же: пойдем, - отвечает, - здесь, на Москве, меня какой-то нужный дух больно нудит, а там леса, поветрие чище, и там, - говорит, - я слыхал, есть старец Памва, анахорит совсем беззавистный и безгневный, я бы его узреть хотел".

"Старец Памва, - отвечаю со строгостию, - господствующей церкви слуга, что нам на него смотреть?"

"А что же, - говорит, - за беда, я для того и хотел бы его видеть, дабы внять, какова господствующей церкви благодать".

Я его пощунял, "какая там, говорю, благодать", а сам чувствую, что он меня правее, потому что он жаждет испытывать, а я чего не ведаю, то отвергаю, но упорствую на своем противлении и говорю ему самые пустяки.

"Церковные, - говорю, - и на небо смотрят не с верою, а в Аристотилевы врата[61] глядят и путь в море по звезде языческого бога Ремфана определяют; а ты с ними в одну

_____

61 Аристетелевы (Аристотелевы) врата - сборник неканонических текстов, запрещенный на Руси в 1551 году как еретический.

точку смотреть захотел?"

А Левонтий отвечает:

"Ты, дядя, баснишь: никакого бога Ремфана не было и нет, а вся единою премудростию создано".

Я от этого словно еще глупее стал и говорю:

"Церковные кофий пьют!"

"А что за беда, - отвечает Левонтий, - кофий боб, он был Давиду-царю в дарах принесен".

"Откуда, - говорю, - ты это все знаешь?"

"В книгах, - говорит, - читал".

"Ну так знай же, что в книгах не все писано".

"А что, - говорит, - там еще не написано?"

"Что? что не написано?" - А сам вовсе уже не знаю, что сказать, да брякнул ему:

"Церковные, - говорю, - зайцев едят, а заяц поганый".

"Не погань, - говорит, - богом созданного, это грех".

"Как, - говорю, - не поганить зайца, когда он поганый, когда у него ослий склад и мужеженское естество и он рождает в человеке густую и меланхолическую кровь?"

Но Левонтий засмеялся и говорит:

"Спи, дядя, ты невегласы глаголешь!"

Я, признаюсь вам, тогда еще ясно не разгадал, что такое в душе сего благодатного юноши делалось, но сам очень обрадовался, что он больше говорить не хочет, ибо я и сам понимал, что я в сердцах невесть что говорю, и умолк я и лежу да только думаю:

"Нет; это в нем такое сомнение от тоски стало, а вот завтра поднимемся и пойдем, так оно все в нем рассеется"; но про всякий же случай я себе на уме положил, что буду с ним некое время идти молча, дабы показать ему, что я как будто очень на него сержусь.

Но только в волевращном характере моем нет совсем этой крепости, чтобы притворяться сердитым, и мы скоро же опять начали с Левонтием говорить, но только не о божестве, потому что он был сильно против меня начитавшись, а об окрестности, к чему ежечасный предлог подавали виды огромных темных лесов, которыми шел путь наш. Обо всем этом своем московском разговоре с Левонтием я старался позабыть и решил наблюдать только одну осторожность, чтобы нам с ним как-нибудь не набежать на этого старца Памву анахорита[62], которым Левонтий прельщался и о котором я сам слыхал от церковных людей непостижимые чудеса про его высокую жизнь.

"Но, - думаю себе, - чего тут много печалиться, уж если я от него бежать стану, так он же сам нас не обретет!"

И идем мы опять мирно и благополучно и, наконец, достигши известных пределов, добыли слух, что изограф Севастьян, точно, в здешних местах ходит, и пошли его искать из города в город, из села в село, и вот-вот совсем по его свежему следу идем, совсем его достигаем, а никак не достигнем. Просто как сворные псы бежим, по двадцати, по тридцати верст переходы без отдыха делаем, а придем, говорят:

"Был он здесь, был, да вот-вот всего с час назад ушел!"

Бросимся вслед, не настигаем!

И вот вдруг на одном таком переходе мы с Левонтием и заспорили: я говорю: "нам надо идти направо", а он спорит: "налево", и, наконец, чуть было меня не переспорил, но я на своем пути настоял. Но только шли мы, шли, и, наконец, вижу, не знаю, куда зашли, и нет дальше ни тропы, ни следу.

Я говорю отроку:

---

62 Анахорит (анахорет) - отшельник.

"Пойдем, Лева, назад!"

А он отвечает:

"Н-ет, не могу я, дядя, больше идти, - сил моих нет".

Я всхлопотался и говорю:

"Что тебе, дитятко?"

А он отвечает:

"Разве, - говорит, - ты не видишь, меня отрясовица бьет?"

И вижу, точно, весь он трясется, и глаза блуждают. И как все это, милостивые государи, случилось вдруг! Ни на что не жаловался, шел бодро и вдруг сел в леску на траву, а головку положил на избутелый[63] пень и говорит:

"Ой, голова моя, голова! ай, горит моя голова огнем-пламенем! Не могу я идти; не могу больше шагу ступить!" - а сам, бедняга, даже к земле клонится, падает.

А дело под вечер.

Ужасно я испугался, а пока мы тут подождали, не облегчит ли ему недуг, стала ночь; время осеннее, темное, место незнакомое, вокруг одни сосны и ели могучие, как аркефовы древеса, а отрок просто помирает. Что тут делать! Я ему со слезами говорю:

"Левушка, батюшка, поневолься, авось до ночлежка дойдем".

А он клонит головушку, как скошенный цветок, и словно во сне бредит:

"Не тронь меня, дядя Марко; не тронь и сам не бойся".

Я говорю:

"Помилуй, Лева, как не бояться в такой глуши непробудной".

А он говорит:

---

63 Избутелый - гнилой.

- "Не спяй и бдяй сохранит".

Я думаю: "Господи! что это с ним такое?" А сам в страхе все-таки стал прислушиваться, и слышу, по лесу вдалеке что-то словно потрескивает... "Владыко многомилостиво! - думаю, - это, верно, зверь, и сейчас он нас растерзает!" И уже Левонтия не зову, потому что вижу, что он точно сам из себя куда-то излетел и витает, а только молюсь: "Ангеле Христов, соблюди нас в сей страшный час!" А треск-от все ближе и ближе слышится, и вот-вот уже совсем подходит... Здесь я должен вам, господа, признаться в великой своей низости: так я оробел, что покинул больного Левонтия на том месте, где он лежал, да сам белки проворнее на дерево вскочил, вынул сабельку и сижу на суку да гляжу, что будет, а зубами, как пуганый волк, так и ляскаю... И вдруг-с замечаю я во тьме, к которой глаз мой пригляделся, что из лесу выходит что-то поначалу совсем безвидное, - не разобрать, зверь или разбойник, но стал приглядываться и различаю, что и не зверь и не разбойник, а очень небольшой старичок в колпачке, и видно мне даже, что в поясу у него топор заткнут, а на спине большая вязанка Дров, и вышел он на поляночку; подышал, подышал часто воздухом, точно со всех сторон поветрие собирал, и вдруг сбросил на землю вязанку и, точно почуяв человека, идет прямо к моему товарищу. Подошел, нагнулся, посмотрел в лицо и взял его за руку да и говорит:

"Встань, брате!"

И что же вы изволите думать? вижу я, поднял он Левонтия, и ведет прямо к своей вязаночке, и взвалил ее ему на плечи, и говорит:

"Понеси-ко за мною!"

А Левонтий и понес.

## 11

- Можете себе, милостивые государи, представить, как я такого дива должен был испугаться! Откуда этот повелительный тихий старичок взялся, и как это мой

Лева сейчас точно смерти был привержен и головы не мог поднять, и опять сейчас уже вязанку дров несет!

Я скорее соскочил с дерева, сабельку на бечеве за спину забросил, а сломал про всякий случай здоровую леторосль понадежнее, да за ними, и скоро их настиг и вижу: старичок впереди грядет, и как раз он точно такой же, как мне с первого взгляда показался: маленький и горбатенький; а бородка по сторонам клочочками, как мыльная пена белая, а за ним мой Левонтий идет, следом в след его ноги бодро попадает и на меня не смотрит. Сколько я к нему ни заговаривал и рукою его ни трогал, он и внимания на меня не обратил, а все будто во сне идет.

Тогда я подбежал сбоку к старичку и говорю:

"Доброчестный человек!"

А он отзывается:

"Что тебе?"

"Куда ты нас ведешь?"

"Я, - говорит, - никого никуда не веду, всех господь ведет!"

И с этим словом вдруг остановился: и я вижу, что пред нами низенькая стенка и ворота, а в воротах проделана малая дверка, и в эту дверку старичок начал стучаться и зовет:

"Брате Мирон! а брате Мирон!"

А оттуда дерзый голос грубо отвечает:

"Опять ночью притащился. Ночуй в лесу! Не пущу!"

Но старичок опять давай проситься, молить ласково:

"Впусти, брате!"

Тот дерзый вдруг отчинил дверь, и вижу я - это человек тоже в таком же колпаке, как и старичок, но только суровый-пресуровый грубитель, и не успел старичок ноги перенести через порог, как он его так толкнул, что тот мало не обрушился и говорит:

"Спаси тебя бог, брате мой, за твою услугу".

"Господи! - помышляю, - куда это мы попали", - и вдруг как молонья меня осветила и поразила.

"Спасе премилосердый! - взгадал я, - да уж это не Памва ли безгневный! Так лучше же бы, - думаю, - я в дебри лесной погиб, или к зверю, или к разбойнику в берлогу зашел, чем к нему под кров".

И чуть он ввел нас в маленькую какую-то хибарочку и зажег воску желтого свечу, я сейчас догадался, что мы действительно в лесном ските, и, не стерпев дальше, говорю:

"Прости, благочестивый человек, спрошу я тебя: гоже ли нам с товарищем оставаться здесь, куда ты привел нас?"

А он отвечает:

"Вся господня земля и благословенны вси живущие, - ложись, спи!"

"Нет, позволь, - говорю, - тебе объявиться, ведь мы по старой вере".

"Все, - говорит, - уды единого тела Христова! Он всех соберет!"

И с этим подвел нас к уголку, где у него на полу сделана скудная рогозина постелька, а в возглавии древесный кругляк соломкой прикрыт, и опять уже обоим нам молвит:

"Спите!"

И что же? Левонтий мой, как послушенствующий отрок, сейчас и повалился, а я, свое опасение наблюдая, говорю:

"Прости, божий человек, еще одно вопрошение..."

Он отвечает:

"Что вопрошать: бог все знает".

"Нет, скажи, - говорю, - мне: как твое имя?"

А он, как совсем бы ему не соответствовало, бабственною погудкою говорит:

"Зовут меня зовуткою, а величают уткою", - и с этими пустыми словами пополоз было со свечечкою в какой-то малый чулан, тесный, как дощатый гробик, но из-за стены на него тот дерзый вдруг опять закричал:

"Не смей огня жечь: келью сожжешь, по книжке днем намолишься, а теперь впотьмах молись!"

"Не буду, - отвечает, - брате Мирон, не буду. Спаси тебя бог!"

И задул свечку.

Я шепчу:

"Отче! кто это на тебя так грубительно грозится?"

А он отвечает:

"Это служка мой Мирон... добрый человек, он блюдет меня".

"Ну, шабаш! - думаю, - это анахорит Памва! Никто это другой, как он, и беззавистный и безгневный. Вот когда беда! обрящел он нас и теперь истлит нас, как гагрена жир; одно только оставалось, чтобы завтра рано на заре восхитить отсюда Левонтия и бежать отсюда так, чтоб он не знал, где мы были". Держа этот план, я положил не спать и блюсти первый просвет, чтобы возбудить отрока и бежать.

А чтобы не заснуть и не проспать, лежу да твержу "Верую", как должно по-старому, и как протвержу раз, сейчас причитаю: "сия вера апостольская, сия вера кафолическая[64], сия вера вселенную утверди", и опять начинаю. Не знаю, сколько раз я эту "Верую" прочел, чтобы не заснуть, но только много; а старичок все в своем гробе молится, и мне оттуда сквозь пазы тесин точно свет

---

64 Восточная (греко-православная) ветвь христианской религии, в отличие от западной (римско-католической), находящейся под управлением римского папы.

кажет, и видно, как он кланяется, а потом вдруг будто начал слышаться разговор, и какой... самый необъяснимый: будто вошел к старцу Левонтий, и они говорят о вере, но без слов, а так, смотрят друг на друга и понимают. И это долго мне так представлялось, я уже "Верую" позабыл твердить, а слушаю, как будто старец говорит отроку: "Поди очистись", - а тот отвечает: "И очищусь". И теперь вам не скажу, все это было во сне или не во сне, но только я потом еще долго спал и, наконец, просыпаюсь и вижу: утро, совсем светло, и оный старец, хозяин наш, анахорит, сидит и свайкою[65] лыковый лапоток на коленях ковыряет. Я стал в него всматриваться.

Ах, сколь хорош! ах, сколь духовен! Точно ангел предо мною сидит и лапотки плетет, для простого себя миру явления.

Гляжу я на него и вижу, что и он на меня смотрит и улыбается, и говорит:

"Полно, Марк, спать, пора дело делать".

Я отзываюсь:

"Какое же, боготечный муж, мое дело? Или ты все знаешь?"

"Знаю, - говорит, - знаю. Когда же человек далекий путь без дела творит? Все, брате, все пути господнего ищут. Помогай господь твоему смирению, помогай!"

"Какое же, - говорю, - святой человек, мое смирение? ты смирен, а мое что за смирение в суете!"

А он отвечает:

"Ах нет, брате, нет, я не смирен: я великий дерзостник, я себе в небесном царстве части желаю".

И вдруг, сознав сие преступление, сложил ручки и как

---

65 Свайка - изогнутый металлический прут (обычно на деревянной ручке), используемый для плетения веревочных, лыковых и других изделий.

малое дитя заплакал.

"Господи! - молится, - не прогневайся на меня за сию волевращность: пошли меня в преисподнейший ад и повели демонам меня мучить, как я того достоин!"

"Ну, - думаю, - нет: слава богу, это не Памва прозорливый анахорит, а это просто какой-то умоповрежденный старец". Рассудил я так потому, что кто же в здравом уме небесного царства может отрицаться и молить, дабы послал его господь на мучение демонам? Я этакого хотения во всю жизнь ни от кого не слыхал и, сочтя оное за безумие, отвратился от старцева плача, считая оный за скорбь демоноговейную[66]. Но, наконец, рассуждаю: что же это я лежу, пора вставать, но только вдруг гляжу, отворяется дверь, и входит мой Левонтий, про которого я точно совсем позабыл. И как он вошел, сейчас старцу в ноги и говорит:

"Я, отче, все совершил: теперь благослови!"

А старец посмотрел на него и отвечает:

"Мир ти: почий!"

И мой отрок, гляжу, опять ему в землю поклонился и вышел, а анахорит опять стал свой лапоток плесть.

Тут я сразу вскочил и думаю:

"Нет; пойду скорее возьму Леву, и утечем отсюда без оглядки!" - и с тем выхожу в малые сенички и вижу, что мой отрок лежит тут на дощаной скамье без возглавия навзничь и ручки на груди сложил.

Я, чтобы не подать ему виду тревоги, гласно спрашиваю:

"Не знаешь ли ты, где я зачерпну себе воды, чтобы лицо умыть? - а шепотом шепчу ему: - Богом живым тебя заклинаю, скорее отсюда пойдем!"

Но всматриваюсь в него и вижу, что Лева не дышит... Отошел!.. Умер!..

---

66 Скорбь демоноговейная - то есть идолопоклонническая.

Взвыл я не своим голосом:

"Памва! отец Памва, ты убил моего отрока!"

А Памва вышел потихоньку на порог и говорит с радостию:

"Улетел наш Лева!"

Меня даже зло взяло.

"Да, - отвечаю сквозь слезы, - он улетел. Ты из него душу, как голубя из клетки, выпустил!" - и, повергшись к ногам усопшего, стенал я и планил над ним даже до вечера, когда пришли из монастырька иноки, спрятали его мощи, положили в гроб и понесли, так как он сим утром, пока я, нетяг, спал, к церкви присоединился.

Ни одного слова я более отцу Памве не сказал, да и что бы я мог ему сказать: согруби ему - он благословит, прибей его - он в землю поклонится, неодолим сей человек с таким смирением! Чего он устрашится, когда даже в ад сам просится? Нет: недаром я его трепетал и опасался, что петлит он нас, как гагрена жир. Он и демонов-то всех своим смирением из ада разгонит или к богу обратит! Они его станут мучить, а он будет просить: "Жестче терзайте, ибо я того достоин". Нет, нет! Этого смирения и сатане не выдержать! он все руки об него обколотит, все когти обдерет и сам свое бессилие постигнет пред Содетелем, такую любовь создавшим, а устыдится его.

Так я себе и порешил, что сей старец с лапотком аду на погибель создан! и, всю ночь по лесу бродючи, не знаю отчего вдаль не иду, а все думаю:

"Как же он молится, каким образам и по каким книгам?"

И вспоминаю, что я не видал у него ни одного образа, окроме креста из палочек, лычком связанного, да не видал и толстых книг...

"Господи! - дерзаю рассуждать, - если только в церкви два такие человека есть, то мы пропали, ибо сей весь любовью одушевлен".

И все я о нем думая и думал и вдруг перед утром начал жаждать хоть на минуту его пред отходом отсюда видения.

И только что я это помыслил, вдруг опять слышу, опять такой самый троскот, и отец Памва опять выходит с топором и с вязанкою дров и говорит:

"Что долго медлил? Поспешай Вавилон строить?"[67]

Мне это слово показалось очень горько, и я сказал:

"За что же ты меня, старче, таким словом упрекаешь: я никакого Вавилона не строю и от вавилонской мерзости особлюсь".

А он отвечает:

"Что есть Вавилон? столп кичения; не кичись правдою, а то ангел отступится".

Я говорю:

"Отче, знаешь ли, зачем я хожу?"

И рассказал ему все наше горе. А он все слушал, слушал и отвечает:

"Ангел тих, ангел кроток, во что ему повелит господь, он в то и одеется; что ему укажет, то он сотворит. Вот ангел! Он в душе человечьей живет, суемудрием запечатлен, но любовь сокрушит печать..."

И с тем, вижу, он удаляется от меня, а я отвратить глаз от него не могу и, преодолеть себя будучи не в состоянии, пал и вслед ему в землю поклонился, а поднимаю лицо и вижу, его уже нет, или за древа зашел, или... господь знает куда делся.

Тут я стал перебирать в уме его слова, что такое: "ангел в душе живет, но запечатлен, а любовь освободит его", - да

---

67 Согласно Библии, после потопа древние вавилоняне пытались построить башню до небес, но бог смешал их языки, и они, перестав понимать друг друга ("Вавилонское столпотворение"), рассеялись по всей земле. Здесь мирская жизнь.

вдруг думаю: "А что, если он сам ангел, и бог повелит ему в ином виде явиться мне: я умру, как Левонтий!" Взгадав это, я, сам не помню, на каком-то пеньке переплыл через речечку и ударился бежать: шестьдесят верст без остановки ушел, все в страхе, думая, не ангела ли я это видел, и вдруг захожу в одно село и нахожу здесь изографа Севастьяна. Сразу мы с ним обо всем переговорили и положили, чтобы завтра же ехать, но поладили мы холодно и ехали еще холоднее. А почему? Раз, потому, что изограф Севастьян был человек задумчивый, а еще того более потому, что сам я не тот стал: витал в душе моей анахорит Памва, и уста шептали слова пророка Исаии, что "дух божий в ноздрех человека сего".

12

- Обратное подорожие мы с изографом Севастьяном отбыли скоро и, прибыв к себе на постройку ночью, застали здесь все благополучно. Повидавшись с своими, мы сейчас же появились и англичанину Якову Яковлевичу. Тот, любопытный этакой, сейчас же поинтересовался изографа видеть и все ему на руки его смотрел да плещми пожимал, потому что руки у Севастьяна были большущие, как грабли, и черные, поелику и сам он был видом как цыган черен. Яков Яковлевич и говорит:

"Удивляюсь я, братец, как ты такими ручищами можешь рисовать?"

А Севастьян отвечает:

"Отчего же? Чем мои руки несоответственны?"

"Да тебе, - говорит, - что-нибудь мелкое ими не вывесть".

Тот спрашивает:

"Почему?"

"А потому что гибкость состава перстов не позволит".

А Севастьян говорит:

"Это пустяки! Разве персты мои могут мне на что-нибудь

позволять или не позволять? Я им господин, а они мне слуги и мне повинуются".

Англичанин улыбается.

"Значит, ты, - говорит, - нам запечатленного ангела подведешь?"

"Отчего же, - отвечает, - я не из тех мастеров, которые дела боятся, а меня самого дело боится; так подведу, что и не отличите от настоящей".

"Хорошо, - молвил Яков Яковлевич, - мы немедля же станем стараться настоящую икону достать, а ты тем часом, чтоб уверить меня, докажи мне свое искусство: напиши ты моей жене икону в древнерусском роде, и такую, чтоб ей нравилась".

"Какое же во имя?"

"А уж этого я, - говорит, - не знаю; что знаешь, то и напиши, это ей все равно, только чтобы нравилась".

Севастьян подумал и вопрошает:

"А о чем ваша супруга более богу молится?"

"Не знаю, - говорит, - друг мой; не знаю о чем, но, я думаю, вернее всего, о детях, чтоб из детей честные люди вышли".

Севастьян опять подумал и отвечает:

"Хорошо-с, я и под этот вкус потрафлю".

"Как же ты потрафишь?"

"Так изображу, что будет созерцательно и усугублению молитвенного духа супруги вашей благоприятно".

Англичанин велел ему дать все удобства у себя на вышке, но только Севастьян не стал там работать, а сел у окошечка на чердачке над Луки Кирилова горенкой и начал свою акцию.

И что же он, государи мои, сделал, чего мы и вообразить

не могли. Как шло дело о детях, то мы думали, что он изобразит Романа-чудотворца, коему молятся от неплодия, или избиение младенцев[68] в Иерусалиме, что всегда матерям, потерявшим чад, бывает приятно, ибо там Рахиль с ними плачет о детях и не хочет утешиться; но сей мудрый изограф, сообразив, что у англичанки дети есть и она льет молитву не о даровании их, а об оправдании их нравственности, взял и совсем иное написал, к целям ее еще более соответственное. Избрал он для сего старенькую самую небольшую досточку пядницу[69], то есть в одну ручную пядь величины, и начал на ней таланствовать. Прежде всего он ее, разумеется, добре вылевкасил[70] крепким казанским алебастром, так что стал этот левкас гладок и крепок, как слоновья кость, а потом разбил на ней четыре ровные места и в каждом месте обозначил особливую малую икону, да еще их стеснил тем, что промежду них на олифе золотом каймы положил, и стал писать: в первом месте написал рождество Иоанна Предтечи[71], восемь фигур и новорожденное дитя, и палаты; во втором - рождество пресвятыя Владычицы богородицы, шесть фигур и новорожденное дитя, и палаты; в третьем - Спасово пречистое рождество, и хлев, и ясли, и предстоящие Владычица и Иосиф, и припавшие боготечные волхвы, и Соломия-баба[72], и скот всяким подобием: волы, овцы, козы и осли, и сухолапль-птица, жидам запрещенная, коя пишется в означение, что идет сие не от жидовства, а от

---

68 Согласно Евангелию от Матфея, иудейский царь Ирод, чтобы избавиться от новорожденного Христа, приказал уничтожить всех младенцев мужского пола.

69 Пядница (пядь) - расстояние между большим и указательным пальцами, раздвинутыми по плоскости. Здесь - доска соответствующей меры.

70 Левкас - шпаклевка у иконописцев, смесь клея с мелом.

71 Иоанн Предтеча (Креститель) - согласно Ветхому завету, последний из пророков, предрекавших пришествие Христа.

72 Соломия - по Евангелию, мать апостолов Иакова и Иоанна Богослова.

божества, все создавшего. А в четвертом отделении рождение Николая Угодника, и опять тут и святой угодник в младенчестве, и палаты, и многие предстоящие. И что тут был за смысл, чтобы видеть пред собою воспитателей столь добрых чад, и что за художество, все фигурки ростом в булавочку, а вся их одушевленность видна и движение. В богородичном рождестве, например, святая Анна, как по греческому подлиннику назначено, на одре лежит, пред нею девицы тимпанницы стоят, и одни держат дары, а иные солнечник, иные же свещи. Едина жена держит святую Анну под плещи; Иоаким зрит в верхние палаты; баба святую богородицу омывает в купели до пояса: посторонь девица льет из сосуда воду в купель. Палаты все разведены по циркулю, верхняя призелень, а нижняя бокан[73], и в этой нижней палате сидит Иоаким и Анна на престоле, и Анна держит пресвятую богородицу, а вокруг между палат столбы каменные, запоны червленые, а ограда бела и вохряна...[74] Дивно, дивно все это Севастьян изобразил, и в премельчайшем каждом личике все богозрительство выразил, и надписал образ "Доброчадие", и принес англичанам. Те глянули, стали разбирать, да и руки врозь: никогда, говорят, такой фантазии не ожидали и такой тонкости мелкоскопического письма не слыхивали, даже в мелкоскоп смотрят, и то никакой ошибки не находят, и дали они Севастьяну за икону двести рублей и говорят:

"Можешь ли ты еще мельче выразить?"

Севастьян отвечает:

"Могу".

"Так скопируй мне, - говорит, - в перстень женин портрет".

Но Севастьян говорит:

"Нет, вот уж этого я не могу".

"А почему?"

---

73 Бокан (бакан) - краска багряного цвета.

74. Вохра (вохря) - желтая краска.

"А потому, - говорит, - что, во-первых, я этого искусства не пробовал, а повторительно, я не могу для него своего художества унизить, дабы отеческому осуждению не подпасть".

"Что за вздор такой!"

"Никак нет, - отвечает, - это не вздор, а у нас есть отеческое постановление от благих времен, и в патриаршей грамоте подтверждается: "аще убо кто на таковое святое дело, еже есть иконное воображение, сподобится, то тому изрядного жительства изографу ничего, кроме святых икон, не писать!"

Яков Яковлевич говорит:

"А если я тебе пятьсот рублей дам за это?"

"Хоть и пятьсот тысяч обещайте, все равно при вас они останутся".

Англичанин просиял и шутя говорит жене:

"Как это тебе нравится, что он твое лицо писать считает для себя за унижение?"

А сам ей по-аглицки прибавляет: "Ох, мол, гут карахтер". Но только молвил в конце:

"Смотрите же, братцы, теперь мы беремся все дело шабашить, а у вас, я вижу, на все свои правила, так чтобы не было упущено или позабыто чего-нибудь такого, что всему помешать может".

Мы отвечаем, что ничего такого не предвидим.

"Ну так смотрите, - говорит, - я начинаю", - и он поехал ко владыке с просьбою, что хочет-де он поусердствовать, на запечатленном ангеле ризу позолотить и венец украсить. Владыко на это ему ни то ни се: ни отказывает, ни приказывает; а Яков Яковлевич не отстает и домогает; а мы уже ждем, что порох огня.

- При сем позвольте вам, господа, напомнить, что с тех пор, как это дело началось, время прошло немало, и на дворе стояло Спасово рождество. Но вы не числите тамошнее рождество наравне со здешним: там время бывает с капризцем, и один раз справляет этот праздник по-зимнему, а в другой раз невесть по какому: дождит, мокнет; один день слегка морозцем постянет, а на другой опять растворит; реку то ледком засалит, то вспучит и несет крыги, как будто в весеннюю половодь... Одним словом, самое непостоянное время, и как по тамошнему месту зовется уже не погода, а просто халепа[75], так оно ей и пристало халепой быть.

В тот год, к коему рассказ мой клонит, непостоянство это было самое досадительное. Пока я вернулся с изографом, я не могу вам и перечислить, какое число раз наши то на зимнем, то на летнем положении себя поставляли. А время было, по работе глядя, самое горячее, потому что уже у нас все семь быков были готовы и с одного берега на другой цепи переносились. Хозяевам, разумеется, как можно скорее хотелось эти цепи соединить, чтобы на них к половодью хоть какой-нибудь временный мостик подвесить для доставки материала, но это не удалось: только цепи перетянули, жамкнул такой морозище, что мостить нельзя. Так и осталось; цепи одни висят, а моста нет. Зато создал бог другой мост: река стала, и наш англичанин поехал по льду за Днепр хлопотать о нашей иконе, и оттуда возвращается и говорит мне с Лукою:

"Завтра, - говорит, - ребята, ждите, я вам ваше сокровище привезу".

Господи, что только мы в эту пору почувствовали! Хотели было сначала таинствовать и одному изографу сказать, но утерпеть ли сердцу человечу! Вместо соблюдения тайности обегли мы всех своих, во все окна постучали и все друг к другу шепчем, да не знать чего бегаем от избы к

---

75 Халепа - зимняя непогода, мокрый снег.

избе, благо ночь светлая, превосходная, мороз по снегу самоцветным камнем сыпет, а в чистом небе Еспер-звезда[76] горит.

Проведя в такой радостной беготне ночь, день мы встретили в том же восхищенном ожидании и с утра уже от своего изографа не отходим и не знаем, куда за ним его сапоги понести, потому что пришел час, когда все зависит от его художества. Что только он скажет подать или принести, мы во всякий след вдесятером летим и так усердствуем, что один другого с ног валим. Даже дед Марой до той поры бегал, что, зацепившись, каблук оторвал. Один только сам изограф спокоен, потому что ему эти дела было уже не впервые делать, и потому он несуетно себе все приготовлял: яйцо кваском развел, олифу осмотрел, приготовил левкасный холстик, старенькие досточки, какие подхожие к величине иконы, разложил, настроил острую пилку, как струну, в излучине из крепкого обода и сидит под окошечком, да какие предвидит нужными вапы пальцами в долони перетирает. А мы все вымылись в печи, понадевали чистые рубашки и стоим на бережку, смотрим на град убежища, откуда должен к нам светоносный гость пожаловать; а сердца так то затрепещут, то падают...

Ах, какие были мгновения, и длились они с ранней зари даже до вечера, и вдруг видим мы, что по льду от города англичаниновы сани несутся, и прямо к нам... По всем трепет прошел, шапку все под ноги бросили и молимся:

"Боже отец духовом и ангелом: пощади рабы твои!"

И с этим моленьем упали ниц на снег и вперед жадно руки простираем, и вдруг слышим над собою англичанинов голос:

"Эй, вы! Староверы! Вот вам привез!" - и подает узелок в белом платочке.

Лука принял узелок и замер: чувствует, что это что-то

---

76 Еспер-звезда - планета Венера.

134

малое и легковесное! Раскрыл уголок платочка и видит: это одна басма[77] с нашего ангела сорвана, а самой иконы нет.

Кинулись мы к англичанину и говорим ему с плачем:

- "Обманули вашу милость, тут иконы нет, а одна басма серебряная с нее прислана".

Но англичанин уже не тот, что был к нам до сего времени: верно, досадило ему это долгое дело, и он крикнул на нас:

"Да что же вы все путаете! Вы же сами мне говорили, что надо ризу выпросить, я ее и выпросил; а вы, верно, просто не знаете, что вам нужно!"

Мы ему, видя, что он восклокотал, с осторожностью было начали объяснять, что нам икона нужна, чтобы подделок сделать, но он не стал нас более слушать, выгнал вон и одну милость показал, что велел изографа к нему послать. Пошел к нему изограф Севастьян, а он точно таким же манером и на него с клокотанием.

"Твои, - говорит, - мужики сами не знают, чего хотят: то просили ризу, говорили, что тебе только надо размеры да абрис снять, а теперь ревут, что это им ни к чему не нужно; по я более вам ничего сделать не могу, потому что архиерей образа не дает. Подделывай скорее образ, обложим его ризой и отдадим, а старый мне секретарь выкрадет".

Но Севастьян-изограф, как человек рассудительный, обаял его мягкою речью и ответствует:

"Нет, - говорит, - ваша милость; наши мужички свое дело знают, и нам действительно подлинная икона вперед нужна. Это, - говорит, - только в обиду нам выдумано, что мы будто по переводам точно по трафаретам пишем. А у нас в подлиннике постановлен закон, но исполнение его дано свободному художеству. По подлиннику, например, поведено писать святого Зосиму или Герасима со львом, а

---

77 Басма - тонкий образной оклад, тисненое серебро или кожа.

не стеснена фантазия изографа, как при них того льва изобразить? Святого Неофита указано с птицею-голубем писать; Конона Градаря с цветком, Тимофея с ковчежцем[78], Георгия и Савву Стратилата с копьями, Фотия с корнавкой[79], а Кондрата с облаками, ибо он облака воспитывал, но всякий изограф волен это изобразить как ему фантазия его художества позволит, и потому опять не могу я знать, как тот ангел писан, которого надо подменить".

Англичанин все это выслушал и выгнал Севастьяна, как и нас, и нет от него никакого дальше решения, и сидим мы, милостивые государи, над рекою, яко враны на нырище, и не знаем, вполне ли отчаиваться или еще чего ожидать, но идти к англичанину уже не смеем, а к тому же и погода стала опять единохарактерна нам: спустилась ужасная оттепель, и засеял дождь, небо среди дня все яко дым коптильный, а ночи темнеющие, даже Еспер-звезда, которая в декабре с тверди небесной не сходит, и та скрылась и ни разу не выглянет... Тюрьма душевная, да и только! И таково наступило Спасово рождество, а в самый сочельник[80] ударил гром, полил ливень, и льет, и льет без уставу два дни и три дни: снег весь смыло и в реку снесло, а на реке лед начал сипеть да пучиться, и вдруг его в предпоследний день года всперло и понесло... Мчит его сверху и швыряет крыга на крыгу по мутной волне, у наших построек всю реку затерло: горой содит льдина на льдину, и прядают они и сами звенят, прости господи, точно демоны... Как стоят постройки и этакое несподиванное теснение терпят, даже удивительно. Страшные миллионы могло разрушить, но нам не до того; потому что у нас изограф Севастьян, видя, что дела ему никакого нет, вскромолился - складает пожитки и хочет в иные страны идти, и никак его удержать не можем.

---

78 Ковчежец (от ковчег) - серебряный ларец для хранения церковных драгоценностей и грамот.

79 Корнавка - куртка.

80 Сочельник - канун рождества Христова.

Да не до того было и англичанину, потому что с ним за эту непогодь что-то такое поделалось, что он мало с ума не сошел: все, говорят, ходил да у всех спрашивал: "Куда деться? Куда деваться?" И потом вдруг преодолел себя как-то, призывает Луку и говорит:

"Знаешь что, мужик: пойдем вашего ангела красть?"

Лука отвечает:

"Согласен".

По Луки замечанию было так, что англичанин точно будто жаждал испытать опасных деяний и положил так, что поедет он завтра в монастырь к епископу, возьмет с собою изографа под видом злотаря и попросит ему икону ангела показать, дабы он мог с нее обстоятельный перевод снять будто для ризы; а между тем как можно лучше в нее вглядится и дома напишет с нее подделок. Затем, когда у настоящего злотаря риза будет готова, ее привезут к нам за реку, а Яков Яковлевич поедет опять в монастырь и скажет, что хочет архиерейское праздничное служение видеть, и войдет в алтарь, и станет в шинели в темном алтаре у жертвенника, где наша икона на окне бережется, и скрадет ее под полу, и, отдав человеку шинель, якобы от жары, велит ее вынесть. А на дворе за церковью наш человек чтобы сейчас из той шинели икону взял и летел с нею сюда, на сей бок, и здесь изограф должен в продолжение времени, пока идет всенощная, старую икону со старой доски снять, а подделок вставить, ризой одеть и назад прислать, таким манером, чтобы Яков Яковлевич мог ее опять на окно поставить, как будто ничего не бывало.

"Что же-с? Мы, - говорим, - на все согласны!"

"Только смотрите же, - говорит, - помните, что я стану на месте вора и хочу вам верить, что вы меня не выдадите".

Лука Кирилов отвечает:

"Мы, Яков Яковлевич, не того духа люди, чтоб обманывать благодетелей. Я возьму икону и вам обе назад принесу, и настоящую и подделок".

"Ну а если тебе что-нибудь помешает?"

- "Что же такое мне может помешать?"

"Ну, вдруг ты умрешь или утонешь".

Лука думает: отчего бы, кажется, быть такому препятствию, а впрочем, соображает, что действительно трафляется иногда и кладязь копающему обретать сокровище, а идущему на торг встречать пса беснуема, и отвечает:

"На такой случай я, сударь, при вас такого своего человека оставлю, который, в случае моей неустойки, всю вину на себя примет и смерть претерпит, а не выдаст вас".

"А кто это такой человек, на которого ты так полагаешься?"

"Ковач Марой", - отвечает Лука.

"Это старик?"

"Да, он не молод".

"Но он, кажется, глуп?"

"Нам, мол, его ум не надобен, но зато сей человек достойный дух имеет".

"Какой же, - говорит, - может быть дух у глупого человека?"

"Дух, сударь, - ответствует Лука, - бывает не по разуму: дух иде же хощет дышит, и все равно что волос растет у одного долгий и роскошный, а у другого скудный".

Англичанин подумал и говорит:

"Хорошо, хорошо: это все интересные ощущения. Ну, а как же он меня выручит, если я попадусь?"

"А вот как, - отвечает Лука, - вы будете в церкви у окна стоять, а Марой станет под окном снаружи, и если я к концу службы с иконами не явлюсь, то он стекло разобьет, и в окно полезет и всю вину на себя примет".

Это англичанину очень понравилось.

"Любопытно, - говорит, - любопытно! А почему я должен этому вашему глупому человеку с духом верить, что он сам не убежит?"

"Ну уж это, мол, дело взаимоверия".

"Взаимоверия, - повторяет. - Гм, гм, взаимоверия! Я за глупого мужика в каторгу, или он за меня под кнут? Гм, гм! Если он сдержит слово... под кнут... Это интересно".

Послали за Мароем и объяснили ему, в чем дело, а он и говорит:

"Ну так что же?"

"А ты не убежишь?" - говорит англичанин.

А Марой отвечает:

"Зачем?"

"А чтобы тебя плетьми не били да в Сибирь не сослали".

А Марой говорит:

"Экося!" - да больше и разговаривать не стал.

Англичанин так и радуется: весь ожил.

"Прелесть, - говорит, - как интересно".

## 14

- Сейчас же за этим переговором началась и акция. Навеслили мы наутро большой хозяйский баркас и перевезли англичанина на городской берег: он там сел с изографом Севастьяном в коляску и покатил в монастырь, а через час с небольшим, смотрим, бежит наш изограф, и в руках у него листок с переводом иконы.

Спрашиваем:

"Видел ли, родной наш, и можешь ли теперь подделок потрафить?"

"Видел, - отвечает, - и потрафлю, только разве как бы малость чем живее не сделал, но это не беда, когда икона сюда придет, я тогда в одну минуту яркость цвета усмирю".

"Батюшка, - молим его, - порадей!"

"Ничего, - отвечает, - порадею!"

И как мы его привезли, он сейчас сел за работу, и к сумеркам у него на холстике поспел ангел, две капли воды как наш запечатленный, только красками как будто немножко свежее.

К вечеру и злотарь новый оклад прислал, потому он еще прежде был по басме заказан.

Наступал самый опасный час нашего воровства.

Мы, разумеется, во всем изготовились и пред вечером помолились и ждем должного мгновения, и только что на том берегу в монастыре в первый колокол ко всенощной ударили, мы сели три человека в небольшую ладью: я, дед Марой да дядя Лука. Дед Марой захватил с собою топор, долото, лом и веревку, чтобы больше на вора походить, и поплыли прямо под монастырскую ограду.

А сумерки в эту пору, разумеется, ранние, и ночь, несмотря на вселуние, стояла претемная, настоящая воровская.

Переехавши, Марой и Лука оставили меня под бережком в лодке, а сами покрались в монастырь. Я же весла в лодку забрал, а сам концом веревки зацепился и нетерпеливо жду, чтобы чуть Лука ногой в лодку ступит, сейчас плыть. Время мне ужасно долго казалось от томления: как все это выйдет и успеем ли мы все свое воровство покрыть, пока вечерняя и всенощна пройдет? И кажется мне, что уже времени и невесть сколь много ушло; а темень страшная, ветер рвет, и вместо дождя мокрый снег повалил, и лодку ветром стадо поколыхивать, и я, лукавый раб, все мало-помалу угреваясь в свитенке, начал дремать. Только вдруг в лодку толк, и закачало. Я встрепенулся и вижу, в ней стоит дядя Лука и не своим, передавленным голосом говорит:

"Греби!"

Я беру весла, да никак со страха в уключины не попаду. Насилу справился и отвалил от берега да и спрашиваю:

"Добыли, дядя, ангела?"

"Со мной он, греби мощней!"

"Расскажи же, - пытаю, - как вы его достали?"

"Непорушно достали, как было сказано".

"А успеем ли назад взворотить?"

"Должны успеть: еще только великий прокимен вскричали. Греби! Куда ты гребешь?"

Я оглянулся: ах ты господи! и точно, я не туда гребу: все, кажись, как надлежит, впоперек течения держу, а нашей слободы нет, - это потому что снег и ветер такой, что страх, и в глаза лепит, и вокруг ревет и качает, а сверху реки точно как льдом дышит.

Ну, однако, милостью божиею мы доставились; соскочили оба с лодки и бегом побежали. Изограф уже готов: действует хладнокровно, но твердо: взял прежде икону в руки, и как народ пред нею упал и поклонился, то он подпустил всех познаменоваться с запечатленным ликом, а сам смотрит и на нее и на свою подделку и говорит:

"Хороша! только надо ее маленько грязной с шафраном [81] усмирить!" А потом взял икону с ребер в тиски и налячил свою пилку, что приправил в крутой обруч, и... пошла эта пилка порхать. Мы все стоим и того и смотрим, что повредит! Страсть-с! Можете себе вообразить, что ведь спиливал он ее этими своими махинными ручищами с доски тониною не толще как листок самой тонкой писчей бумаги... Долго ли тут до греха: то есть вот на волос покриви пила, так лик и раздерет и насквозь выскочит! Но

---

81 Шафран - краска ярко-красного цвета, приготавливаемая из одноименного растения.

изограф Севастьян всю эту акцию совершал с такой холодностью и искусством, что, глядя на него, с каждой минутой делалось мирней на душе. И точно, спилил он изображение на тончайшем самом слое, потом в одну минуту этот спилок из краев вырезал, а края опять на ту же доску наклеил, а сам взял свою подделку скомкал, скомкал ее в кулаке и ну ее трепать об край стола и терхать в долонях, как будто рвал и погубить ее хотел, и, наконец, глянул сквозь холст на свет, а весь этот новенький списочек как сито сделался в трещинках... Тут Севастьян сейчас взял его и вклеил на старую доску в средину краев, а на долонь набрал какой знал темной красочной грязи, замесил ее пальцами со старою олифою и шафраном вроде замазки и ну все это долонью в тот потерханный списочек крепко-накрепко втирать... Живо он все это свершал, и вновь писанная иконка стала совсем старая и как раз такая, как настоящая. Тут этот подделок в минуту проолифили и другие наши люди стали окладом ее одевать, а изограф вправил в приготовленную досточку настоящий выпилок и требует себе скорее лохмот старой поярковой шляпы.

Это начиналась самая трудная акция распечатления.

Подали изографу шляпу, а он ее сейчас перервал пополам на колене и, покрыв ею запечатленную икону, кричит:

"Давай каленый утюг!"

В печи, по его приказу, лежал в жару раскален тяжелый портняжий утюг.

Михайлица зацепила его и подает на ухвате, а Севастьян обернул ручку тряпкою, поплевал на утюг, да как дернет им по шляпному обрывку!.. От разу с этого войлока злой смрад повалил, а изограф еще раз, да еще им трет и враз отхватывает. Рука у него просто как молонья летает, и дым от поярка уже столбом валит, а Севастьян знай печет: одной рукой поярочек помалу поворачивает, а другою - утюгом действует, и все раз от разу неспешнее да сильнее налегает, и вдруг отбросил и утюг и поярок и поднял к свету икону, а печати как не бывало: крепкая строгановская олифа выдержала, и сургуч весь свелся, только чуть как будто красноогненная роса осталась на лике, но зато светлобожественный лик весь виден...

Тут кто молится, кто плачет, кто руки изографу лезет целовать, а Лука Кирилов своего дела не забывает и, минутою дорожа, подает изографу его поддельную икону и говорит:

"Ну, кончай же скорей!"

А тот отвечает:

"Моя акция кончена, я все сделал, за что брался".

"А печать наложить".

"Куда?"

"А вот сюда этому новому ангелу на лик, как у того было".

А Севастьян покачал головою и отвечает:

"Ну нет, я не чиновник, чтоб этакое дело дерзнул сделать".

"Так как же нам теперь быть?"

"А уже я, - говорит, - этого не знаю. Надо было вам на это чиновника или немца припасти, а упустили сих деятелей получить, так теперь сами делайте".

Лука говорит:

"Что ты это! да мы ни за что не дерзнем!"

А изограф отвечает:

"И я не дерзну".

И идет у нас в эти краткие минуты такая сумятица, как вдруг влетает в избу Якова Яковлевича жена, вся бледная как смерть, и говорит:

"Неужели вы еще не готовы?"

Говорим: и готовы и не готовы: важнейшее сделали, но ничтожного не можем.

А она немует по-своему:

"Что же вы ждете? Разве вы не слышите, что на дворе?"

Мы прислушались и сами еще хуже ее побледнели: в своих заботах мы на погоду внимания не обращали, а теперь слышим гул: лед идет!

Выскочил я и вижу, он уже сплошной во всю реку прет, как зверье какое бешеное, крыга на крыгу скачет, друг на дружку так - и прядают, и шумят, и ломаются.

Я, себя не помня, кинулся к лодкам, их ни одной нет: все унесло... У меня во рту язык осметком стал, так что никак его не сомну, и ребро за ребро опустилось, точно я в землю ухожу... Стою и не двигаюсь, и голоса не даю.

А пока мы тут во тьме мечемся, англичанка, оставшись там в избе одна с Михайлицей и узнав, в чем задержка, схватила икону и... выскакивает с нею через минуту на крыльцо с фонарем и кричит:

"Нате, готово!"

Мы глянули: у нового ангела на лике печать!

Лука сейчас обе иконы за пазуху и кричит:

"Лодку!"

Я открываюсь, что нет лодок, унесло.

А лед, я вам говорю, так табуном и валит, ломится об ледорезы и трясет мост так, что индо слышно, как эти цепи, на что толсты, в добрую половицу, а и то погромыхивают.

Англичанка, как поняла это, всплеснула руками, да как взвизгнет нечеловеческим голосом: "Джеме!" - и пала неживая.

А мы стоим и одно чувствуем:

"Где же наше слово? что теперь будет с англичанином? что будет с дедом Мароем?"

А в это время в монастыре на колокольне зазвонили третий звон.

Дядя Лука вдруг встрепенулся и воскликнул к англичанке:

"Очнись, государыня, муж твой цел будет, а разве только старого деда нашего Мароя ветхую кожу станет палач терзать и доброчестное лицо его клеймом обесчестит, но быть тому только разве после моей смерти!" - и с этим словом перекрестился, выступил и пошел.

Я вскрикнул:

"Дядя Лука, куда ты? Левонтий погиб, и ты погибнешь!" - да и кинулся за ним, чтоб удержать, но он поднял из-под ног весло, которое я, приехавши, наземь бросил, и, замахнувшись на меня, крикнул:

"Прочь! или насмерть ушибу!"

Господа, довольно я пред вами в своем рассказе открыто себя малодушником признавал, как в то время, когда покойного отрока Левонтия на земле бросил, а сам на древо вскочил, но ей-право, говорю вам, что я бы тут не испугался весла и от дяди Луки бы не отступил, но... угодно вам верьте, не угодно - нет, а только в это мгновение не успел я имя Левонтия вспомнить, как промежду им и мною во тьме обрисовался отрок Левонтий и рукой погрозил. Этого страха я не выдержал и возринулся назад, а Лука стоит уже на конце цепи, и вдруг, утвердившись на ней ногою, молвит сквозь бурю:

"Заводи катавасию!"[82]

Головщик[83] наш Арефа тут же стоял и сразу его послушал и ударил: "Отверзу уста", - а другие подхватили, и мы катавасию кричим, бури вою сопротивляясь, а Лука смертного страха не боится и по мостовой цепи идет. В одну минуту он один первый пролет перешел и на другой спускается... А далее? далее объяла его тьма, и не видно:

---

82 Катавасия - вступительный стих церковной песни.

83 Головщик - управляющий одним из клиросов в церкви.

идет он или уже упад и крыгами проклятыми его в пучину забуровало, и не знаем мы: молить ли о его спасении или рыдать за упокой его твердой и любочестивой души?

15

- Теперь что же-с происходило на том берегу? Преосвященный владыко архиерей своим правилом в главной церкви всенощную совершал, ничего не зная, что у него в это время в приделе крали; наш англичанин Яков Яковлевич с его соизволения стоял в соседнем приделе в алтаре и, скрав нашего ангела, выслал его, как намеревался, из церкви в шинели, и Лука с ним помчался; а дед же Марой, свое слово наблюдая, остался под тем самым окном на дворе и ждет последней минуты, чтобы, как Лука не возвратится, сейчас англичанин отступит, а Марой разобьет окно и полезет в церковь с ломом и с долотом, как настоящий злодей. Англичанин глаз с него не спускает и видит, что дед Марой исправен стоит на своем послушании, и чуть заметит, что англичанин лицом к окну прилегает, чтобы его видеть, он сейчас кивает, что здесь, мол, я - ответный вор, здесь!

И оба таким образом друг другу свое благородство являют и не позволяют один другому себя во взаимоверии превозвысить, а к этим двум верам третья, еще сильнейшая двизает, но только не знают они, что та, третья вера, творит. Но вот как ударили в последний звон всенощной, англичанин и приотворил тихонько оконную форточку, чтобы Марой лез, а сам уже готов отступать, но вдруг видит, что дед Марой от него отворотился и не смотрит, а напряженно за реку глядит и твердисловит:

"Перенеси бог! перенеси бог, перенеси бог! - а потом вдруг как вспрыгнет и сам словно пьяный пляшет, а сам кричит: - Перенес бог, перенес бог!"

Яков Яковлевич в величайшее отчаяние пришел, думает:

"Ну, конец: глупый старик помешался, и я погиб", - ан смотрит, Марой с Лукою уже обнимаются.

Дед Марой шавчит:

"Я тебя назирал, как ты с фонарями по цепи шел".

А дядя Лука говорит:

"Со мною не было фонарей".

"Откуда же светение?"

Лука отвечает:

"Я не знаю, я не видал светения, я только бегом бежал и не знаю, как перебег и не упал... точно меня кто под обе руки нес".

Марой говорит:

"Это ангелы, - я их видел, и зато я теперь не преполовлю дня и умру сегодня".

А Луке как некогда было много говорить, то деду он не отвечает, а скорее англичанину в форточку обе иконы подает. Но тот взял и кажет их назад.

"Что же, - говорит, - печати нет?"

Лука говорит:

"Как нет?"

"Да нет".

Ну, тут Лука перекрестился и говорит:

"Ну, кончено! Теперь некогда поправлять. Это чудо церковный ангел совершил, и я знаю, к чему оно".

И сразу бросился Лука в церковь, протеснился в алтарь, где владыку разоблачали, и, пав ему в ноги, говорит:

"Так и так, я святотатец и вот что сейчас совершил: велите меня оковать и в тюрьму посадить".

А владыка в меру чести своея все то выслушал и ответствует:

"Это тебе должно быть внушительно теперь, где вера

действеннее: вы, говорит, - плутовством с своего ангела печать свели, а наш сам с себя ее снял и тебя сюда привел".

Дядя говорит:

"Вижу, владыко, и трепещу. Повели же отдать меня скорее на казнь".

А архиерей ответствует разрешительным словом:

"Властию, мне данною от бога, прощаю и разрешаю тебя, чадо. Приготовься заутро принять пречистое тело Христово".

Ну, а дальше, господа, я думаю, нечего вам и рассказывать: Лука Кирилов и дед Марой утром ворочаются и говорят:

"Отцы и братие, мы видели славу ангела господствующей церкви и все божественное о ней смотрение в добротолюбии ее иерарха и сами к оной освященным елеем примазались и тела и крови Спаса сегодня за обеднею приобщались".

А я как давно, еще с гостинок у старца Памвы, имел влечение воедино одушевиться со всею Русью, воскликнул за всех:

"И мы за тобой, дядя Лука!" - да так все в одно стадо, под одного пастыря, как ягнятки, и подобрались, и едва лишь тут только поняли, к чему и куда всех нас наш запечатленный ангел вел, пролия сначала свои стопы и потом распечатлевшись ради любви людей к людям, явленной в сию страшную ночь.

16

Рассказчик кончил. Слушатели еще молчали, но, наконец, один из них откашлянулся и заметил, что в истории этой все объяснимо, и сны Михайлицы, и видение, которое ей примерещилось впросонье, и падение ангела, которого забеглая кошка или собака на пол столкнула, и смерть Левонтия, который болел еще ранее встречи с Памвою, объяснимы и все случайные совпадения слов говорящего какими-то загадками Памвы.

- Понятно и то, - добавил слушатель, - что Лука по цепи перешел с веслом: каменщики известные мастера где угодно ходить и лазить, а весло тот же балансир; понятно, пожалуй, и то, что Марой мог видеть около Луки светение, которое принял за ангелов. От большой напряженности сильно перезябшему человеку мало ли что могло зарябить в глазах? Я нашел бы понятным даже и то, если бы, например, Марой, по своему предсказанию, не преполовя дня умер...

- Да он и умер-с, - отозвался Марк.

- Прекрасно! И здесь ничего нет удивительного восьмидесятилетнему старику умереть после таких волнений и простуды; но вот что для меня действительно совершенно необъяснимо: как могла исчезнуть печать с нового ангела, которого англичанка запечатала?

- Ну, а это уже самое простое-с, - весело отозвался Марк и рассказал, что они после этого вскоре же нашли эту печать между образом и ризою.

- Как же это могло случиться?

- А так: англичанка тоже не дерзнула ангельский лик портить, а сделала печать на бумажке и подвела ее под края оклада... Оно это было очень умно и искусно ею устроено, но Лука как нес иконы, так они у него за пазухой шевелились, и оттого печать и спала.

- Ну, теперь, значит, и все дело просто и естественно.

- Да, так и многие располагают, что все это случилось самым обыкновенным манером, и даже не только образованные господа, которым об этом известно, но и наша братия, в раздоре остающиеся, над нами смеются, что будто нас англичанка на бумажке под церковь подсунула. Но мы против таковых доводов не спорим: всяк как верит, так и да судит, а для нас все равно, какими путями господь человека взыщет и из какого сосуда напоит, лишь бы взыскал и жажду единодушия его с отечеством утолил. А вон мужички-вахлачки уже вылезают из-под снегу. Отдохнули, видно, сердечные, и сейчас поедут. Авось они и меня подвезут. Васильева ночка прошла. Утрудил я вас и много кое-где с собою выводил. С Новым годом зато имею честь поздравить, и простите, Христа ради, меня, невежу!

1873

## ПРИМЕЧАНИЯ

В период создания повести Лесков выступает со статьями, посвященными проблемам иконописи. Его статья "Об адописных иконах", появившаяся в июле 1873 года в газете "Русский мир", вызвала целую дискуссию в печати. Там же в сентябре 1873 года была опубликована статья "О русской иконописи".

Древнерусским искусством и религией, в частности старообрядческой, Лесков интересовался еще с детства. Этому способствовало его близкое знакомство с археологом, преподавателем Академии художеств В.А.Прохоровым (1818-1882). В самом начале литературной деятельности, в 60-е годы, Лесков публикует серию статей в "Биржевых ведомостях" - "Русские архиереи и русские монастыри в старину", "Искания школ старообрядцами" и др.

Церковной тематики касается Лесков и в литературно-критических статьях 70-х годов: "Карикатурный идеал. Утопия из церковно-бытовой жизни (Критический этюд)" - о книге "Жизнь сельского священника" третьестепенного писателя официального направления Ф.В.Ливанова; статья о рассказах и повестях А.Ф.Погосского и др.

Н.С.Лесков выступал в защиту "одной из самых покинутых отраслей русского искусства" - иконописи, которая, по его мнению, служила делу просвещения народа. Он указывал на мировое значение таких шедевров, как "филаретовские святцы в Москве", "канонические створы русского письма, находящиеся в Ватикане у папы".

Лесков не воспринимает литографированные иконы как искусство. "Иконы надо писать руками иконописцев", - утверждает он. Наивысшую оценку дает он русской школе иконописи.

Из выдающихся русских мастеров-изографов своего времени Лесков называет имена Пешехонова, Силачева, Савватиева.

Таким образом, созданию "Запечатленного ангела" предшествовала большая работа Лескова по изучению иконописи как искусства.

Лесков обнаруживает также всесторонние и глубокие знания апокрифической литературы.

По требованию издателя "Русского вестника" М.Н.Каткова, Лесков вынужден был придать концовке повести поучительный характер: раскольники признают превосходство "господствующей церкви", якобы убежденные ее чудесами. Однако это "чудодейственное" преображение выглядит неправдоподобно, - об этом сам Лесков говорил в последней главе "Печерских антиков".

Как и многие произведения Лескова, "Запечатленный ангел" не сразу нашел издателя. Над этой повестью Лесков долго работал, "...вытачивать "Ангелов" по полугода да за 500 р. продавать их - сил не хватает, а условия рынка Вы знаете, как и условия жизни", - жаловался писатель одному из корреспондентов (т.10, с.360).

Близость "Запечатленного ангела" к рождественскому рассказу вызвала к нему благосклонное внимание царя Александра II. Лесков пользовался "высочайшим" отзывом, чтобы оградить повесть от посягательств цензуры.

Also available from JiaHu Books:


Русланъ и Людмила — А. С. Пушкин –
9781909669000

Евгеній Онѣгинъ — А. С. Пушкин —
9781909669017

Анна Каренина — Л. Н. Толстой -

9781909669154

Чорна рада — Пантелеймон Куліш -

9781909669529

Мать — Максим Горький — 9781909669628

Рассказ о семи повешенных и другие повести —
Л. Н. Андреев — 9781909669659

Некуда — Н. С. Лесков - 9781909669673